一房兩廳三人行

1LDK 2JK

～26歲上班族與兩名女高中生開始同居生活～

陽葵
姓氏不明，離家出走的女高中生。
在遭遇困境時受到駒村幫助，便順勢住進駒村家。
不諳世事，個性有些冒失。
我連忙在浴缸中擺出跪坐的姿勢。
陽葵一隻手拿著毛巾。
目睹她的模樣，我頓時理解了她的用意。
——無論如何都必須拒絕。
「我、我來幫你刷背……！」
「不用妳幫忙！我自己會洗！」
「可是，至少讓我幫這點忙——」

「和哥你啊……」
順道去便利商店的途中，奏音突然叫我的名字。
剛才去奏音家的路上，她一直走在前頭帶路，
現在她則是走在我身旁。
「怎麼了？」
「感覺比以前大了一點點喔。我是說——你的肚子。」
「不用妳說我也知道。」
「胸部以上看起來明明就好端端的。這就叫啤酒肚？」
倉知奏音
駒村的表妹，時髦的女高中生。
因為母親突然失蹤，開始借住在駒村家生活。
有擅長做家事的一面。

「果然……我只被當成小孩子看待……」
「……………咦？」

一房兩廳三人行

1LDK 2JK

~26歲上班族與兩名女高中生開始同居生活~

福山陽士

插畫／シソ

Kadokawa Fantastic Novels

彩頁、內文插畫／シソ

目錄

第1話　兩名女高中生

黃金週結束，假期的熱鬧氣氛完全平靜下來的五月某天，晚間十點三十八分。

將智慧型手機抵在耳畔的我化為一尊雕像。

電話另一頭是我家老爸。

剛才他似乎說了些衝擊力滿點的話，但因為實在太過突然，我的大腦並未確實記憶。

我戰戰兢兢地開口問道：

「……老爸，我剛才沒聽清楚，可以再說一次嗎？」

『嗯？收訊不良喔？記得嗎？你有個叫奏音的表妹，就是你媽的妹妹，翔子阿姨的女兒。希望你讓她暫時借住在你家。』

「…………………」

我的嘴巴吐不出半句話。

一直開著的電視傳出綜藝節目特有的做作笑聲，統治了整個房間。

老爸的拜託對我如同晴天霹靂。

「唉……」

掛斷電話之後，沉重的嘆息自然而然脫口而出。

以左耳進右耳出的新聞播報聲為背景，我渾身無力地靠著沙發的椅背，將剛才喝到一半的發泡酒一飲而盡。

酒的氣泡已經流失殆盡，感覺非常難喝。

眼角餘光看到牆上時鐘，時間剛過晚間十一點。

我仔細回想剛才的對話。

因為老爸從來不曾在這種時間打電話來，我馬上就有不好的預感掠過腦海。

該不會是住院中的老媽病情惡化了？

但是，內容完全超乎我的想像。

我明白了原委，也理解了理由。

於是——我答應了老爸的拜託。

因為我也沒理由拒絕。

但是，內心仍動搖不已。

「真的要我和女高中生兩個人一起生活……？」

倉知奏音。

雖然是我的表妹，但是幾乎不曾見過面。

她的母親——翔子阿姨——是所謂的單親媽媽，也許是工作繁忙，幾乎沒來過我家。

也因此，我對奏音沒什麼印象，在我的記憶之中，只有她站在母親身後小聲打招呼的身影。

最後一次見到奏音應該是我高三那年的過年時。已經是八年前的事了吧。

我記得當時阿姨為了祝賀我高中畢業，給了我一個紅包。

印象中當時應該提過奏音正值國小三年級……嗯，現在的確是高中生沒錯。

『其實奏音今天突然來我們家……說翔子好像突然失蹤了，已經三天沒回家，問我知不知道她的行蹤。

翔子好像一直以來個性自由奔放，奏音看起來也不太擔心——不過在這年頭，女高中生要一個人生活實在有太多問題了吧？

但是和輝你也知道，你媽媽現在正在住院。而我下班後也會頻繁去醫院探病，坦白說實在沒有心力好好照顧奏音。

所以我希望你暫時先顧著她，而且她要上學，你住的公寓到學校的距離好像比我們家近很多。』

我在腦海中重新反芻剛才老爸對我說明的一切。

阿姨突然音訊全無。

究竟為何失蹤、有沒有向警察報案失蹤協尋等諸多疑問湧現腦海，但剛才我連一句話都沒問。不，應該說我太過震驚而忘了問吧。

「總之要先打掃房間啊……」

「和女高中生兩人同住」這句話帶來了在深夜打掃房間的衝動。

因為我完全沒想過會有其他人來，房裡情況滿慘烈的。

現在都這麼晚了，實在無法著手做大規模的清掃，但至少擺在桌面和瓦斯爐附近的空罐和垃圾一定要先收拾好——我萌生這般念頭。

我將空罐一個接一個捏扁，裝進半透明的超市塑膠袋。

現成小菜的容器很占空間，讓人心煩。

大垃圾袋前幾天用完了，我有些後悔在那之後不早點買回家。

隔天早上，我正在打領帶的時候，對講機響了。

因為昨晚接到電話後花了約一小時打掃房間，睡眠時間和平常相比稍嫌不足。

晚上睡得不太好也是重要的原因就是了。

我盡量壓抑睡意，朝對講機回答：

「喂？」

『那個…………請問是駒村先生家嗎……？』

大概是因為我沒有先報上名字，對方詢問的語氣顯得相當遲疑。

「是的。妳該不會是——」

『我是奏音。』

和國小時相比雖然有些改變，但那確實是奏音的嗓音。

我原本還有點懷疑昨晚老爸的拜託是我酒醉後大腦產生的幻覺，但現在人真的來到家門前了。

順帶一提，我家公寓的對講機沒有攝影機，因此完全是以對話交流。

「我爸已經告訴我了。我現在就開門，等一下。」

我關掉對講機，隨即走向玄關。

先稍微深呼吸之後轉動門鎖。

沒事。昨晚我已經把地板上的灰塵掃乾淨了，應該沒問題。

不知為何直到這時我開始介意「這房間究竟能不能見人」，但一切都太遲了，再怎麼介意也來不及了。

我下定決心推開大門。

站在眼前的是一位將頭髮染成淺色，身材嬌小的女高中生。

深綠色的西裝外套制服讓明亮的髮色看起來更加醒目。

嗚哇……不管從哪個角度看都是時下的女高中生。

她在我記憶中的國小時的模樣與現在有著偌大差距，老實說讓我不由得有些心慌。

哎，畢竟都是高中生了嘛，自然也會想打扮吧。

話說這套制服……

視線不由得被女高中生的制服吸引，究竟是為什麼呢？

「啊～～……那個～～……好久不見。」

奏音大概很緊張，視線四處遊走，尷尬地向我打招呼。

見到眼前有人很緊張時，自己反而會冷靜下來。

很好，這時該展現大人應有的從容不迫。

順帶一提，我過去從來沒意識過這一點。

「歡迎妳來，總之先進來吧。」

太好了，說話聲音沒有走調。

奏音聽了我說的話，走進玄關大門。

她似乎有一瞬間皺起眉頭，但我不知道那代表什麼。

脫下鞋子後，不忘對齊擺好。

「行李就先隨便找地方放著就好。」

「……好。」

奏音輕聲呢喃，跟在我後頭。

剛才打招呼的態度是裝出來的嗎？

一進屋裡就突然不再使用敬語，讓我內心有點動搖。

真不愧是女高中生……

這時我才注意到，奏音的行李只有一個手提包和學校用的書包，就這年紀的女生而言，行李似乎太少了些。

大概只帶了最基本的必需品吧。

「話說，妳吃過早餐了嗎？」

「在車站前的便利商店買麵包吃了。」

奏音回答時的語氣比剛才冷淡。

這感覺——也許她對我懷有戒心？

坦白說，我也不太知道該如何和年輕女生相處。

家裡只有一個弟弟，學生時代聽同學們聊起家中姊妹，總是無法感同身受。

哎，雖然是女高中生，但也算是自家人。

不久後就會習慣了吧。

更重要的是，奏音的回答讓我稍微鬆了口氣。

因為我現在能端上桌的早餐就只有吐司而已。

冰箱裡頭只剩下礦泉水與發泡酒，再加上雞蛋、泡菜和魷魚絲。

不能讓女高中生一大早就吃泡菜或魷魚絲，這點小事連我也知道。

這時，我與奏音對上視線。

她一語不發，直盯著我看了好半晌，之後掃視房間，最後又看向我的臉。

眼神絕對算不上溫暖。

甚至帶有幾分寒氣。

「怎、怎麼了？」

難道她發現了什麼惹人不快的東西嗎？

不過我昨晚努力整理過了，視線所及範圍內應該沒有奇怪的東西。

只有普通的家具和普通的生活用品——

「…………沒事。」

奏音倏地轉開視線，露骨地釋放出「我對你已無話可說」的氣氛。

實在搞不懂……

女高中生真難理解……

這時我突然注意到時間，看向時鐘。

……差不多該出門了，不然會搭不上平常那班車。

「我必須出門了。妳知道要怎麼從這裡去上學嗎？要不要我帶妳到車站？」

「不，不用了。反正有手機，我到這邊也是靠手機找到的。」

奏音用指頭在智慧型手機的螢幕上飛快滑動，平淡地回答。

看她指頭的動作，用起來大概比我還熟練吧。

我的智慧型手機只用在因習慣而持續在玩的遊戲，以及接聽同事偶爾打來的電話。

「那應該沒問題吧。詳細狀況等回家後再說。不過，我應該會比較晚回來，先把備份鑰匙給妳。」

我把昨天晚上打掃時找到的備份鑰匙交給奏音。

「……謝謝。」

唯獨這句道謝的語氣稍微柔和一些。我有這種感覺。

大概是為了避免搞丟，奏音立刻把鑰匙收進錢包。

「那就先這樣，細節等回來再說。」

「……嗯。」

對話無從持續，我轉身背對奏音，出門了。

像這樣，我和奏音兩個人真的有辦法生活下去嗎？

不安猛然撲向我，但現在多想也無濟於事。

——總之今天一到下班時間就立刻回家吧，反正這時期也不算特別忙。

我走在公寓的走廊上，如此下定決心。

早晨的陽光照在身體側邊。

今天的天空萬里無雲。

但是根據氣象預報所說，晚上似乎會開始下雨。

哎，只要在入夜前回到家，下雨也無所謂吧。

我很快就把天氣拋到腦後，按下電梯按鈕。

下午五點。

告知下班時間的鐘聲響徹公司內。

我已經將辦公桌的桌面收拾乾淨，在鐘聲止息的同時站起身。

「我說駒村，下班後要不要去喝一杯？」

同事磯部坐在椅子上，張嘴打呵欠的同時對我說道。

「不了，我要回家。」

沒事的話我也許會去，不過奏音應該在家裡等我了。

我早上已經決定今天一下班就要直接回家。

「我想也是，你看起來已經想趕著回家了嘛。辛苦啦。」

磯部利用椅背伸了個懶腰，同時對我擺了擺手。

他沒有特別追問理由，是因為過去我這樣回絕邀約的次數也不少。

對方很可能認為我是個隨興的人。

哎，實際上也許就是這樣。

不過，今天絕非沒有興致才拒絕。

我也不打算特地向他解釋。

反正一說出口絕對會帶來更多麻煩。

我沒有回頭，快步離開公司。

傍晚的電車，車廂內呈現與早上不同的擁擠。

好像是因為出了軌道意外，直到數班車之前電車都停駛。

大概是這個原因，乘車率比平常的傍晚還高。

雖然比不上早上擠沙丁魚般的電車，但人已經多得身體會觸碰到前後左右的乘客。

車內有很多人在閒聊，頗為吵鬧。

我抓著車門附近的吊環，愣愣地看著貼在牆上的頭痛藥廣告。就在這時——

車廂猛然往左右搖晃。

衝擊力讓站在前方的中年男性的頭撞上我的眼鏡，眼鏡稍微歪掉了。

我立刻抬起一隻手調整眼鏡，但中年男性不打算轉頭看我，也沒有要道歉的意思。

我有點不高興，不過也沒必要特別放在心上。

這年頭要是多說什麼，也有可能招惹麻煩上身。我可不想和麻煩事扯上關係。

我讓情緒平靜下來，正要把視線再度轉回眼前的廣告——

（——嗯？）

這時我覺得不太對勁。

非常細微且沒有根據的不對勁的感覺，平常我應該不會當一回事。

剛才朝我的眼鏡使出頭槌的中年男性前方站著一位年輕女生，背對著他。

她的手與身體緊貼著車廂門，看起來擠得有些難受。
這是乘客多的時候時常能見到的平凡無奇的情景。
然而，透過車窗玻璃反射，可以微微看見她的表情好像有些緊繃。
（該不會——）
我再度打量剛才頭撞到我的中年男性。
我總覺得他和那個女生的距離太近了。
畢竟現在車上人多，彼此靠得近也沒辦法。儘管如此，這種不對勁的感覺究竟是——
（該不會，是色狼？）
但是從我的角度看不見中年男性的手。中年男性身旁有一個高壯男子，他的身體恰巧形成一面牆。
該怎麼做？
……不。
根本就沒什麼好想，也有可能只是我誤會了。如果是這樣，我有可能會終結這個中年男性的社會地位。
對方甚至有可能惱羞成怒而動用暴力。
沒錯，就這樣當作沒看見——

然而在這瞬間，我們對上視線。

我和映在車門玻璃上的女生。

她的表情確實非常緊繃，而且看起來像是在懇求些什麼。

這時，我的腦海不知為何浮現了奏音冷淡地對我回話的臉。

眼前的女生看起來與奏音年齡相仿。

…………

不知過了五秒還是十秒，又或者是三十秒。

不知道究竟過了多久，我苦苦思考著。

隨著時間經過，不能對她視而不見的心情莫名越來越強烈。

如果她是奏音，我會如何？

我應該會毫不猶豫地採取行動吧。

我再度看向玻璃窗，她像是正忍受著什麼，閉緊了眼睛。

這時我敢肯定她應該是遇到色狼了。

我下定決心，一把抓住中年男性的肩膀。

「————！」

中年男性的肩膀猛然顫抖，轉頭看向我。

因為驚愕而睜大的眼睛與我四目相對。

那表情顯露出的膽怯，大概是因為沒想過會被人發現吧。

但是，就在這時。

喀噹一聲，電車急遽減速剎車，停了下來。這陣搖晃讓我差點跌倒，一時鬆手放開了中年男性的肩膀。

糟糕。電車到站了嗎！

車門很快就開啟，那女生飛快跑到月台。

緊接著，中年男性同樣逃也似的衝向月台，我則追在他身後。

但是傍晚的車站月台上擠滿了候車的人群。

中年男性輕易穿梭在人潮之間，轉眼就消失在月台的另一側。

我連忙想追趕，但是恰巧月台另一側有電車靠站，大量乘客如洪流般自車廂湧出，讓我無法拔腿奔跑。

現在人這麼多，實在沒辦法用跑的逮到他。

「可惡！」

後悔讓我不由得咒罵。

被他跑了啊……

但是見他逃跑時身手矯健，該不會是慣犯？

這時我突然想起那個女生的存在。

女生愣愣地站在月台正中間。

她的臉色鐵青，讓我確信剛才的中年男性真的是色狼。

儘管短褲褲管下那雙健康的大腿很惹眼，也絕非能伸手觸碰。我對那個中年大叔更加厭惡了。

「那個，妳還好嗎？」

我這麼問道，女生肩膀倏地顫抖，轉身面向我。

「啊！啊，嗯，沒事。」

「這是我猜的，他該不會有摸妳？」

「剛才……被摸了……原來真的有色狼……」

一陣罪惡感頓時湧現心頭。

要是我穩穩抓住他，說不定就能逮到現行犯，直接把他交給車站站員。

「要不要跟站員說明那個大叔的特徵？要我幫妳作證也可以。」

「咦！不，這就不用了。」

「可是——」

「那個，真的很謝謝你注意到我。呃，我是第一次遇到，所以嚇到了……下、下次我一定會開口求助的！」

「不對啦，當然是最好不要再有下次。」

「也、也許是這樣……那個，但是真的不用告訴站員！真的、真的沒關係！」

女生不知為何堅持拒絕。

儘管這個女生覺得沒關係，但是對今後要來這個車站的其他女性而言，我想應該大有關係吧——

話雖如此，非親非故的我也沒理由那麼關心。

現在就按照她的希望，別向站員舉發吧。雖然有種不舒坦的感覺就是了。

「既然妳這麼堅持，就這樣吧……那我走了。」

哎，總有一天那個大叔會遭到天譴吧。

我把日後的問題丟給神明，再度在月台上排隊。

這也是當然的。在剛才我們交談時，我原本搭乘的電車已經駛離月台，必須等下一班車到站。

其實我還得盡早回家才行，完全忘了奏音正在家裡等我。

「咦！請問，該不會你原本不是要在這一站下車？」

「沒錯。」

「所以，剛才透過玻璃窗對上視線並不是我的錯覺啊……那個，真的很謝謝你，特地為我耗費時間。」

女生對著我深深低下頭，及肩的頭髮滑溜地往下垂。

到頭來我並沒有幫上她的忙，其實沒理由接受她的道謝。

我沒來由地有種尷尬的感覺，只能無謂地摸著自己的側頸。

「然後，那個，我也知道這樣很厚臉皮，但我有一個請求……」

「什麼？決定還是要跟站員說嗎？」

「不，不是那個……」

話說到這裡，她在胸前雙手併攏——

「那個，只要今天一天就好，可以讓我借住一晚嗎……？」

她雙眸閃爍著濕潤的光芒，對我說出莫名其妙的請求。

「————啥？」

我不禁用力皺起臉。

走出車站後，天色已是一片昏暗。

我趕忙回家的同時，剛才那個女生正快步跟在我的斜後方。

結果在那之後我一直找不到好辦法甩開她。

我家附近的車站乘客比其他車站少，沒辦法利用人潮來甩開她。

途中我也試過拔腿奔跑，雖然我爆發力較強但持久力不足，最後還是被她追上。

我自從升上大學就不曾好好運動，不過我對自己體力衰退的程度還是不禁稍感絕望。

居然連這點距離都跑不動了。唉，畢竟近來連小腹都開始微微凸出……我深刻體會到自己正漸漸變成中年大叔。

我像是要甩開哀傷的現實，再度轉頭看向她。

「欸，我看妳還是回家比較好——」

「只有這件事我絕對不要。」

她板著臉回答。

……真麻煩。

同樣的話我已經重複講過好幾次了，但她的回答打從一開始就沒有變過。

我原本想乾脆帶她去警察局，但我可以輕易想像她隨口胡扯「差點被他性騷擾」、「他找我援交」、「這個人在說謊」之類的謊言，讓我蒙受無謂的嫌疑，於是我打消這個念頭。

雖然目前她看起來不會講這種話，但畢竟人不可貌相，隨時都有可能翻臉像翻書一樣。

我和年輕女生。

警察會取信於誰，不用想也知道。

我覺得日本社會可以對男性友善一點，但現實非常殘酷。

話說這下麻煩了。要怎麼甩開她？再試一次全力奔跑？

這麼想的同時，冰冷的觸感開始一點一點打在頭上，我不由得仰望天空。

差點忘了，天氣預報說入夜後會下雨……

「……姑且一問，如果妳沒遇到我，妳今天有什麼打算？」

出於好奇，我這麼問道。

「嗯～～我想說到公園或找個橋底下睡覺。」

她輕描淡寫地說。

「妳是說，妳原本沒打算找其他人？那妳為什麼會對我提出那種請求？」

「因為……在車上眼神對上了，而且你剛才不是想救我嗎……所以我直覺你一定是好人。你還戴著眼鏡，看起來就很正派。」

「呃，妳對戴眼鏡的人有偏見。戴眼鏡的大人除了我以外多到數不清，和個性正派與否無關，還是會有爛人。」

「或、或許真的是這樣——不過該怎麼說呢，我覺得你應該不一樣。」

我微微嘆息。

該說是欠缺緊張感，還是太過天真？

哎，被女高中生評為「像個好人」感覺是不差啦，不過這是另一回事。

難道她不曾在電視上看過未成年女生遇害的事件新聞嗎？

明明隨時都有可能成為事件的被害者，思考卻完全不會觸及那種可能性，讓我不禁有些暈眩。

「順便問一下，妳幾歲？」

「我？16歲，高二。」

我高二的時候好歹也更——不，現在不是回憶過去的時候。

「高二離家出走，就叛逆期而言有點晚啊。」

「也許……是這樣，但是，我一直忍耐到現在——我已經沒辦法再忍下去了……」

「家人對妳嘮叨？」

「對我來說重要的事物，實現夢想的東西——被丟掉了……」

她如此說道，嘴角浮現自嘲般的微笑。

這個瞬間，不知為何我心底一陣騷動。

一直壓在心底深處不願讓人觸碰的事物似乎被挑起了。

就在這時，我到了自家公寓樓下。

雨已經強得足以打溼肩膀。

「那個，只要玄關就好。我可以睡在玄關，只要今天一晚就好——」

「妳叫什麼名字？」

「咦？」

「名字。」

「呃，那個，陽葵。」

「陽葵。只限今晚，妳可以住在我家。但是真的只有今晚。聽好了，就一個晚上。晚上外頭下著雨，就這樣把妳趕出去，萬一妳濕淋淋地在公園睡覺，結果得了肺炎，我會良心不安，所以讓妳住一晚。只是因為這樣，所以真的就這一晚。」

我囉嗦地反覆主張「僅此一晚」，這樣她也該明白我想說的意思了吧。

陽葵滿臉訝異，愣了好半晌，最後露出花朵綻放般的笑容，使勁對我低頭道謝。

「只要一晚就夠了！真的非常謝謝你！你幫上大忙了！那個，請問該怎麼稱呼——」

「我姓駒村。」

我報上姓氏後，陽葵不知為何呵呵輕笑。

「……有什麼好笑的？」

「沒事。也許該說我的直覺猜中了吧，駒村先生真是個好人呢。」

這時候的我大概擺出了有生以來第一次吃到苦瓜時的表情吧。

我和陽葵站在玄關，有如石雕般全身無法動彈。

我過去從來沒有像今天這樣厭惡自己的輕率。

為什麼我沒考慮到奏音和陽葵兩個人會同時在我家……？

呃，今天一整天實在發生太多異常狀況。

所以當傍晚狀況接踵而來，早上的記憶就有如後浪推前浪般被推到意識之外，這也不能怪我吧……這藉口好像不管用。

況且我在車站也一度回想起奏音的存在。

奏音和我們一樣，站在門前愣了好半晌，最後擺出狐疑的表情盯著我的眼睛呢喃：

「該不會是你女友？…………戀童癖？」

這句話出乎意料地傷了我的心。

「不是，不是我女友。還有，我絕對沒有戀童癖。」

然而，陽葵有如落井下石般，緊接著開口說道：

「該不會你和女友同居？咦？可是穿著制服……是高中生？駒村先生該不會，有那種癖

好……？咦？」

「就說了，不是女友。等一下，妳們倆先冷靜下來聽我說。妳們都不是我的女友，真的只是因緣際會、無可奈何、莫名其妙演變成現在這種狀況。所以先冷靜下來，好嗎？」

呃，最不冷靜的其實是我。

但是被懷疑是戀童癖，我要如何維持冷靜？

我喜歡的是感覺很適合黑色絲襪的那種性感成熟女性。如果渾身散發著願意讓我撒嬌的氣質，那就更沒話說。

但是這兩人沒有一項符合。

更正，若要說年輕對我而言是扣分要素，倒也沒這回事——不對！我在想什麼啊？說起來，為什麼會演變成這種男人外遇被當場抓包般的感情糾紛？

是說，為什麼我這麼慌張？

……啊啊，真受不了，簡直莫名其妙。

「總之先進來再解釋吧……？」

奏音這時也許察覺到我真的很混亂，便有些傻眼地催促我們進屋。

明明我才是主人，唯獨在這個瞬間我有種立場和奏音對調的錯覺。

「…………」

說明了始自早上的一連串經過後，寂靜充斥在狹小的飯廳廚房二合一空間中。

順帶一提，因為沒有三人份的椅子，所有人都站著。

明明在自己家裡，我卻站著和別人交談，感覺很奇怪。

「簡單說，你忘記我在家了。」

奏音鼓起臉頰，如此低聲嘀咕。

「那個，真的很抱歉……」

對此我也只能道歉。

自己的存在被遺忘，想必不會有人心裡覺得舒服吧。

況且，奏音今天早上才剛到這裡。

對她來說，這是第一天在全然不同的環境。

哎，對我而言也是第一天就是了……

然而聽到表哥親口表示「我把妳忘了」，想必也會有些怒氣吧。

「那個……不好意思……我看我還是——」

大概是覺得如坐針氈，陽葵靜靜地開始後退，就在這時——

咕嚕嚕嚕嚕～～～

非常響亮的咕嚕聲在廚房響起。

聲音來源立刻就曝光了。奏音滿臉通紅地垂下臉。

對喔，肚子餓了……這時我也想起自己空著肚子。

「我……我肚子餓了……」

奏音垂著臉，以不愉快的語氣嘀咕。

聽見她這句話，我不由得微微驚呼：「啊。」

我完全忘了回家前要去買東西。

這一切的原因都出在陽葵身上，但我不打算找藉口。

因為早上我就已經知道家裡沒有像樣的食物了。

「抱歉。因為太混亂，我完全忘記要買東西了……我想現在叫披薩來吃，晚餐就吃披薩可以嗎？」

「何必問呢，既然沒有晚餐就只能這樣了嘛。不然就要現在去買食材——不過這附近沒有超市也沒有便利商店吧？」

沒錯。這一帶是住宅區，距離最近的便利商店走路也要二十分鐘。

換言之，來回就要四十分鐘。

因為這樣，房租也比較便宜，自從弟弟搬出去之後，我還能繼續住在這間一房二廳的公寓裡。

「雨也越下越大了，老實說要出門感覺很麻煩……而且我剛才看過冰箱，幾乎沒有食材可以做菜。」

「咦……妳開過冰箱了？」

「因為你一直沒回來。我肚子餓了，想說先做點吃的。」

「這樣啊……真的不好意思。」

「不好意思……」

陽葵也跟著道歉。

「不用再道歉了啦……總之我想先吃點東西。快點訂餐吧。」

奏音這麼一說，我就把之前留的披薩傳單拿來攤開。

平常塞進信箱的傳單我都會馬上丟掉，剛好一週前的我覺得留個一張也許會用到。

真想稱讚當時的我幹得好。

「我好像是第一次叫披薩……」

奏音如此呢喃，我不由得凝視著她。

「真的？一次也沒叫過……？」

「嗯。」

這樣啊。仔細一想也不奇怪，母女兩人的生活大概不常有機會叫披薩吧。

「那麼，種類就由奏音點自己喜歡的，當作第一次叫披薩的紀念吧。」

「……謝謝。」

於是奏音點了號稱可一次品嚐所有人氣口味，價格也最昂貴的豪華大披薩。

這傢伙，會不會太高估上班族的財力了啊？

這種東西就連我也是第一次點耶。

我們移動到客廳，重新簡單自我介紹後，等待披薩上門。

奏音的行李早上擺在餐廳的椅子上，現在則被隨便放在沙發旁邊。

奏音在她的行李旁抱著腿坐著。裙底風光差點映入我的視野，我連忙轉開視線，坐到沙發上。

我是希望她可以多注意一點，但我覺得我們的關係還沒有親近到能糾正這一點，現在還是先打消念頭。

「呃，妳叫陽葵，是嗎？」

奏音喊出這個名字後，與她面對面正襟危坐地跪坐著的陽葵肩膀倏地顫動。

「啊，是、是的！」

「妳為什麼離家出走？」

乾脆俐落的直球。這就是女高中生的對話能力嗎？

「呃～～那個，我有一個夢想，可是父母強烈反對。然而我過去一直不當一回事。因為這件事，我從國中開始就和父母處得不好……」

對喔，她提過實現夢想的東西被丟掉了。

「然後因為明年要考大學了，父母希望我放棄那條路，但我就是無法接受……我什麼都不聽，一心一意朝著夢想努力，可是——」

「順便問一下，妳的夢想是什麼？」

「咦？呃……那個，當插畫家……」

陽葵嘀咕般輕聲說完，害臊地垂下頭。

奏音擺著一副「雖然不太懂，不過很厲害嘛」的表情。

我的感想也和奏音相同。只是，那應該不是安定的工作，這一點我大概能猜想到。

「總、總之，我父母很反對我的夢想——我過去收集的道具被擅自丟掉了。不只是顏料和筆之類的手繪工具，連數位板也……」

「擅自丟掉了？咦？未免太過分了吧！」

就算是父母，也確實不該擅自丟掉孩子的東西。

如果發生在夫妻之間甚至可能導致離婚——我在網路上看過。

「事情真的發生得很突然——於是我終於忍不住——離家出走了。」

「原來如此……然後妳就漫無目的地四處晃蕩。」

「其、其實我原本打算自己租一間房間！我有不少從以前存到現在的壓歲錢！我本來想說讓爸媽知道我一個人也能過活——所以我也去過不動產公司，但是對方說未成年要有父母許可……」

「啊～～……」

陽葵看似乖巧文靜，但似乎是很有行動力的類型。

即使如此，在關鍵部分好像少了根筋，或者該說太天真。

「我因為這樣感到失望，有一段時間住在旅館。但是錢很快就用完了——思考著接下來該怎麼辦，搭上電車之後——」

「就遇到我了？」

陽葵默默點頭。

「陽葵接下來有什麼打算？」

「咦？」

奏音再度單刀直入地問了。不過這也是我想提的問題，算是幫了個忙。

「妳無處可去吧？要回家嗎？」

「只、只有這件事，我絕對不要……」

「但是妳還未成年啊。再怎麼討厭爸媽，還是回家比較好吧？」

「這我也知道。我當然明白自己是小孩子……因為我幼稚得連我自己一個人沒辦法租房子都不曉得啊。」

不知道是對我還是對自己感到氣憤，陽葵猛然鼓起臉頰。

我覺得這種反應就是她孩子氣的地方，但要是說出口想必會讓她更不愉快，所以我決定保持沉默。

「可是，我現在就是不想回去……無論如何就是不想回家……一想到家裡的事情，真的很痛苦……」

「既然這樣，就暫時待在這裡吧？」

「咦？」

「啥————！」

聽了奏音這句話，我吃驚的程度更在陽葵之上。

「等等，妳自作主張在講什麼？」

「可是，人明明是你帶回來的吧？」

「是這樣沒錯……但我只是覺得晚上下著雨，讓她在外面過夜太可憐——」

「這種藉口對警察應該不管用吧？」

「唔——！」

確實就如奏音所言。

無論有什麼理由，我把未成年少女帶回家仍是事實。

這年頭，這樣就有可能被視為一種犯罪。

「如果她爸媽已經拜託警察尋人，一旦被警察發現，我就——」

先前不願去想的可能性浮現心頭，令我直打寒顫的感覺瞬間擴散到全身。

「啊，這個應該不用擔心。我家裡很重視這方面的面子……爸媽大概無法忍受我離家出走這件事對大眾曝光。」

「呃，這是什麼家庭……」

「這個嘛……這些事我不能說……不好意思……」

陽葵難受地放低視線。

該不會她是出自名門的千金小姐——政治家的女兒之類的？

如果真是這樣，感覺就更危險了。

我真的能平安脫身嗎？

「總、總之應該不會演變成上新聞的狀況。」

「這樣的話，妳還是待在這裡就好啦。」

就說了，為什麼是奏音擅自決定啊？這裡可是我家耶。

我覺得實在應該出聲抗議。就在我即將開口時，奏音先接著說：

「因為我過去從來沒有跟男性一起生活……有陽葵在，我應該可以比較安心，也會比較開心……」

這句話大概是奏音的真心話吧。

她之所以不看向我，也許是因為內疚。

我只好再度閉上幾乎要張開的嘴。

奏音家一直是單親家庭，而阿姨也沒有再婚。

換句話說，她沒有體驗過家裡有男性的生活。

而她現在卻必須和過去幾乎不曾見面、年近三十的表哥兩人一起生活。

對奏音而言，這是太過劇烈的環境變化。

這時我才第一次感覺到她心中的不安。

只要稍微設身處地，就該馬上明白才對。

早上的冷淡態度就是源自於此吧。

不知是何種緣分，奏音和陽葵正好同年。

為了奏音，是不是該讓陽葵留在我家？

「妳們的心情我明白了。但是……萬一被發現我就……」

「這部分我當然會全力幫忙以免穿幫。」

「我、我也是！」

兩個人激動得身子向前傾。

我不由得伸手按住眉心。

但是，這一瞬間我當然也拿不出讓所有人都接受的解決方案──

「…………哎，既然妳們兩個都這樣說，那也沒辦法……」

聽了我的回答，兩人表情煥然發亮，對彼此微笑。

畢竟她們同年，很快就打開心房。

「請放心，我絕對不會讓駒村先生被當成罪犯！」

如果有成年人聽了這句話就能放一百二十個心，那個人要不是天真過頭，不然就是單純是個笨蛋。

不過，我這時似乎變成了笨蛋。

唉，一起生活的人從一個變成兩個，也沒太大差別吧……

我希望沒有太大差別。

不過，在我心中某個角落確實有一部分正為此感到雀躍。

和兩名女高中生一起生活——

如果我弟在場，目睹這種狀況一定會吐槽：「這是哪門子的成人遊戲啊！」

心中充滿了預感，原本平凡的生活接下來將徹頭徹尾改變。

於是就在我的房間，我和兩名女高中生的奇妙同居生活就此揭開序幕。

在等披薩送到的時候，奏音將一張紙遞給我。

我原以為是學校的通知，但那是一張活頁簿紙，上頭有幾行手寫字。

並非少女風格的圓潤筆跡，出乎意料地清晰方正，讓我感覺到與外貌間的反差。

「這個是？」

「我寫了希望在家裡準備的東西。在你回來之前我也沒事，就先看過各個房間，感覺缺少很多東西。」

奏音這番話讓我不禁心驚。

……不，應該沒有不能讓女高中生看到的東西。先冷靜。

「啊，再怎麼說，衣櫃裡面這種隱私空間我沒有去翻啦，只有看能直接看見的範圍。哎呀～我原本還以為A書會隨便亂扔，不過好像沒這麼誇張。」

奏音像是看穿我的心思，露出一臉賊笑。

在講什麼啦。

妳是擅自打掃小孩房間的母親嗎？

陽葵也許是聽到「A書」而害羞，現在臉頰發紅，低著頭。

這樣不就好像是我故意開黃腔嗎？拜託別這樣。

哎，現在這個時代，這類東西靠網路就很夠了，不管是衣櫃或床底下，妳愛怎麼翻都無所謂喔。

「玩笑先擺一邊。老實說，我不知道男人獨自生活可以隨便成這樣。」

「隨便？」

「比方說，那個。」

語畢，奏音伸手指向客廳的窗簾。

「我覺得深藍色有種沉穩的氣氛啊。」

「不是啦，我不是說顏色。窗簾只有一片吧？沒有紗簾嘛。」

「這已經是遮光簾了，我覺得沒必要就沒裝而已。」

我對這種室內擺設沒什麼興趣，另外的理由是不想為此多花錢。

身為公司會計部門的一員，我秉持著盡可能削減多餘花費主義。

但是我的回答讓奏音有些不愉快。

「白天也一直關著窗簾？」

「沒有，會打開。陽光很重要。」

「那從外面不就全都看光了。」

「會嗎？這裡好歹是公寓三樓——」

「從對面的公寓大概全部都看得見喔。」

真的假的？

我不由得拉開窗簾，看向外頭。

但是，映入眼簾的只有漆黑夜色反射出的自己的臉，還有雨留下的無數水珠。把臉貼近玻璃，這下才能看見外頭。

我照奏音所說，試著望向對面的公寓，但只能看見自窗簾隙縫外洩的光，從我這邊無法窺見任何房間內部。

「晚上不拉上窗簾的話，從外面看就會一覽無遺，這你應該也明白。不過白天也一樣，沒有窗簾就會被看光。在我家也能看見對面公寓的大叔每天早上在健身。然而只要加掛一片紗簾就會完全不一樣，雖然很薄，但真的有用。」

「是這樣啊……」

坦白說，我以往的人生不曾特別介意「家中情況被外界窺視的可能性」。

但是接下來要和兩個女高中生一起生活，就不能繼續置之不理吧。

有必要盡早準備。

不過，「隨便」啊…………

我感覺到奏音這個評語漸漸滲進我的意識中。

不，就一般獨居上班族而言，這應該很正常吧？

我抽回意識，繼續看向奏音寫的清單。「紗簾」底下還寫了「芳香劑」。

寫的是平假名，大概是不知道漢字怎麼寫吧。

「房間是不會，但是玄關好像有點味道耶。」

「…………」

這句話對我的殺傷力實在太強了。

所以今天早上奏音才會在走進家門的瞬間皺起眉頭嗎……

哎，雖然我每天都會洗澡，但總不會連鞋子都每天洗。

既然這樣，也許陽葵也這麼覺得？不只今天，宅配業者來的時候也一樣？

……這也得處理才行啊。

話說回來，我學到了提及味道能對心靈造成相當大的傷害。

因為這是自己難以察覺的地方吧？

清單上頭下一行寫的是「清潔刷」。

哪種刷子？廁所裡已經有了吧？

「那個喔，雖然有洗浴缸用的清潔劑，但是沒有擺刷子。」

「我洗澡都只淋浴，沖完澡之後噴些清潔劑，把泡沫沖掉就搞定了。」

考慮到水費，每天都放滿一整缸洗澡水太浪費了。

此外從善用時間的角度來看，我得到了每天洗完澡馬上沖洗地板就是最佳結論。

「我覺得還是稍微刷一下比較好，不然還是會黏黏滑滑的。」

「……是喔。」

連這一點也被她毫不留情地批評。

「接下來——怎麼了嗎？我臉上有沾到什麼嗎？」

我不由得直盯著奏音的臉，她便回以納悶的表情。

「沒有，只是覺得妳懂很多。」

「才、才沒這回事。這點事很普通啊。」

因為就外表看來，奏音給人的印象比陽葵「輕佻」，看她表現出精通家事的一面，讓我十分意外。

……仔細一想，她長年來和阿姨兩人相依為命，也不得不學會自己做家事吧。

「不會啊，我也覺得小奏懂很多。很多事換作是我就不會注意到……真的好厲害。」

「連、連陽葵也……不要這樣啦～～……」

奏音抓住陽葵的手臂，莫名其妙地開始甩動。

「妳以為這樣就能掩飾害羞喔。」

我這麼一說，依然紅著臉的奏音就狠狠瞪向我。

這點程度的反擊應該不會遭到報應吧。

……………等等，我是小孩子嗎？

和女高中生爭這口氣有什麼意義？

就在這時，對講機響了。

看來披薩送到了。

奏音的表情倏地亮了起來，但是與我對上眼的瞬間立刻又鼓起臉頰，把臉撇向一邊。

看來先別刺激她比較好。

我從公事包取出皮夾，走向玄關。

仔細一想，自從弟弟搬出去之後，這還是我第一次叫披薩。畢竟披薩一個人吃實在有點貴啊……

久違的花費，不知為何我心裡卻有幾分雀躍。

大尺寸的豪華大披薩很快就被吃完了。

奏音和陽葵似乎很滿足，但老實說，我光吃披薩不太夠，多虧披薩店有額外附贈薯條。

我為奏音和陽葵兩人各買了三瓶寶特瓶裝的烏龍茶。

因為我家的飲料除了發泡酒，就只有白開水而已。

也因此多花了一筆錢。

宅配的飲料真的很貴耶……

我平常沒有泡紅茶或咖啡的習慣，這方面的飲料之後也該買齊吧？

再找機會問問看這兩人平常習慣喝什麼吧。

話說回來，在這麼短的時間內，我不禁反省了平常完全不曾意識到的生活瑣事。

這就是和別人一起生活的差別啊……

我這麼想著，一口氣把從冰箱拿出來的發泡酒喝了一半。

果然還是冰涼的發泡酒最好喝。

吃完披薩後不久，我先叫陽葵去洗澡。

話雖如此，浴缸裡並沒有放水。這樣對她是很過意不去，不過我已經告知「今天先用淋浴解決」。

因為我想說若要在浴缸裡放水，還是等買到奏音要求的浴缸用清潔刷再說吧。

等待陽葵的時間，奏音開始整理自己的行李。

「對了，衣服就放在這裡。從下面數來第二層可以用。」

我拉開房間兼寢室內的櫥櫃抽屜，對奏音說明。

這原本是弟弟使用的空間，但現在空無一物。最底下那一層也是空的，就給陽葵用吧。

奏音點頭後，立刻將她帶來的衣物放到裡頭。

「我洗好了～～」

就在這時，陽葵一面擦拭頭髮一面走出盥洗室，但她身上穿的衣服和剛才一樣。

差異只在現在她的頭髮是濕的。

對了，上次見到女性頭髮濡濕的模樣是國中時代在游泳池畔時。

我沒有什麼奇怪的意思……只是有種視線被牽動的感覺……

「陽葵，妳要穿那樣睡覺？」

奏音這麼一問，陽葵便為難地笑了。

「我忘記把睡衣帶出來了……剩下只有學校制服……」

陽葵的行李少得和奏音差不多。

畢竟她似乎是在衝動下離家出走，可以想像她一時之間也沒想到要帶充分的替換衣物。

「我的借妳穿──雖然我想這麼說，不過妳比我高，穿得下嗎？話說，妳平常穿多大的尺碼？」

「一般穿M，有些衣服會買到L。」

「唔啊，真的假的？我是S……」

「啊～～……S可能會有點緊……」

我側眼看了愁眉不展的兩人，然後走向寢室的衣櫃。

我記得應該有一件去年只穿過一次的T恤。

我很快就找到了目標。

回到客廳，立刻遞給陽葵。

「這是我的，總之今天先穿這件吧。這件我去年只穿過一次。啊，穿過之後有洗，這方面大可放心。」

「咦！真的可以嗎？」

「妳身上那套一直穿著也沒辦法洗吧？」

「真、真的很謝謝你。」

陽葵接過T恤，走向盥洗室。

尺寸應該稍大，但充當今晚的睡衣應該不成問題。

正所謂大可兼小。

得在購物清單上添加陽葵的衣物。

至於奏音——需要其他衣物嗎？

這麼說來，她預定在我家待多久，這方面依舊完全不清楚，得看阿姨會不會回來啊。

哎，奏音衣服不夠的話再請她回家拿吧。

除了生活用品，還要買兩人份的新衣服，我的錢包有點吃緊。

我在腦海中重新整理購物清單時，陽葵再度走出盥洗室——但是，姿態顯得忸忸怩怩。

理由不用說也很明白。

「喂，陽葵！那樣有點色耶！」

奏音慌了手腳。

我的T恤穿在陽葵身上完全變成了連身迷你裙。

陽葵用手拉著T恤下襬，想盡可能遮掩那雙裸露的修長美腿。

就尺寸來看，我原以為能遮蓋的部位會更多，很遺憾，我的預料並不正確。

心跳有些加速，讓我覺得不甘心。

……冷靜下來，她只是個孩子。

「啊，沒關係。這比剛才的短褲還長……」

「但是那底下不是短褲，而是內褲吧？」

「呃，嗯……」

奏音轉過頭來狠狠地瞪我。

眼神彷彿在譴責：「這就是你打的算盤吧？」

真是天大的誤會，我完全沒有那種下流的算計。

不過，視線確實會自動飄過去。不由自主。

我當然不會老實坦承。

為了解開誤會，與其用說的，不如以行動表示。

我再度走向衣櫃，取出從去年秋天就沒穿過的運動褲，交給陽葵。

「應該有點大，姑且試試看吧。」

陽葵默默點頭後，第三次走進盥洗室。

當她再度現身時，這次用手把褲頭固定在腰部避免運動褲滑落。

褲管則是太長了。

陽葵拖著兩條過長的褲管緩緩走出盥洗室，然而——

「危險！」

她踩到褲管跌倒了。

這時T恤向上掀起，白色內褲覆蓋的美臀也跟著失去遮蔽。
我連忙挪開視線，但陽葵那看起來很柔軟的臀部已經烙印在眼底。
那個臀部…………嗯。色狼，不可原諒。
「…………我看還是別穿運動褲好了，很危險。」
大概是陽葵跌倒的模樣實在太笨拙，連奏音也有些傻眼地低語。
「嗚嗚……知道了……」
接在情緒消沉的陽葵後頭，這次換奏音進去沖澡。

在奏音沖澡的時候，陽葵用吹風機吹乾頭髮。
「陽葵妳是因為不想放棄夢想，才會離開家吧？」
「咦！啊，是的，是這樣沒錯。」
為了不讓吹風機的聲音蓋過，陽葵拉高音量回答。
「『不想放棄』具體來說要怎麼做，妳有頭緒嗎？」
「這、這個……」
陽葵說到這裡，陷入沉默。
只剩吹風機的聲音充斥整個房間。

陽葵原本想租房間生活，雖然最後以失敗收場，但我想知道在那之後的計畫。這種心情究竟只是好奇心作祟還是懷著關心，我自己也不曉得。

「那麼，假設沒有住處和錢的問題，妳想怎麼做？」

「如果是這樣……我想參加比賽。比起等人家來找我，我想自己主動投稿。」

「這樣啊……」

她的語氣沉靜，但我感覺到話語中藏著無法撼動的意志。

吹風機的聲音轉為冷風模式。

陽葵閉起眼睛，讓風吹在自己臉上。臉龐周圍的髮絲被風吹得激烈搖擺。

也許是因為我的短髮不會這樣，女性的頭髮隨風翻飛的情景讓我不由得看得出神。

陽葵關掉吹風機，隨後奏音從盥洗室走出來。

她穿著寬鬆的大學Ｔ，與制服打扮的反差相當強烈。

話說回來，大學Ｔ款式明明和我的有點像，但是穿在女高中生身上就像全然不同的衣物，真是令人費解。

「對了，剛才的清單上沒寫，可以多買洗髮精和潤髮乳嗎？」

奏音說著，用毛巾反覆擦拭自己的頭髮。

我默默地點頭。

年近三十的男人平常使用的洗髮精，女高中生想必難以接受吧。

而且我家根本沒有潤髮乳。

「那個洗髮精用起來感覺涼涼的，好像在頭皮上塗薄荷。」

「那種清涼感很舒服啊，而且感覺能疏通毛孔。」

「…………」

不知為何被她白了一眼。

要和女高中生對話還真難。

就寢時間。

我睡在自己房間的床上，兩個女生則睡在客廳。

奏音睡沙發，陽葵打地鋪。

她們決定每天輪流睡沙發。

但是，棉被不夠用。

我把墊被給打地鋪的陽葵，然後把棉被給睡在沙發上的奏音。但陽葵睡覺時沒東西蓋可能會感冒，於是我把自己的棉被拿給她。

所以，我今晚只剩一條薄毛毯能保暖。

因為下雨，感覺有點涼，但時節並非冬天，也不至於會著涼吧。

哎，反正明天放假。包含奏音的那張清單，就先去採買用品吧。

我關掉房裡的燈，一躺到床上，睡意一口氣湧現。

今天真的發生太多事了……

我昏昏欲睡時，聽見兩人的說話聲從客廳傳來。

「哇，陽葵的學校制服超可愛的耶！」

「會、會嗎？小奏的學校西裝外套也很可愛啊。我喜歡那個顏色。」

「欸，明天陽葵妳的制服可以借我穿一下嗎？」

「嗯，可以啊。」

「嘿嘿嘿，謝謝妳～～」

聽著女高中生之間的對話，意識漸漸離我遠去。

第3話　家事與女高中生

廚房與飯廳整合為一的空間，昨天用宅配訂的瓶裝烏龍茶以及三人份的煎荷包蛋擺在餐桌上。

焦度適中的荷包蛋出自奏音的手藝。

在我起床的時候（稍微睡太晚了），已經煎好擺在盤子上。

我們三人站著圍繞桌上的煎荷包蛋，一大早就醞釀出針鋒相對的緊張氣氛。

「妳們沒瘋吧？荷包蛋當然要沾醬油啊。」

「不不不，你在說什麼啊。最棒的當然是沾番茄醬。」

「只有鹽，別無其他選擇。」

所有人的主張完全沒有交集。

緊張感更加攀升。

場面有如聯合國會議。

「既然生為日本人，醬油就是料理不可或缺的調味料吧！適中的鹹味滲進口感平淡的蛋白所醞釀出的絕佳風味……居然無法理解這一點，妳們果然還是小鬼頭。」

「胡說。和蛋白最相配的可是番茄醬喔～而且和蛋黃也很配～」

「絕對是鹽，簡單就是美。鹽和荷包蛋的契合度可說至高無上！而且撒上鹽的時候，荷包蛋看起來最漂亮！」

「不，要比誰漂亮的話，番茄醬才最強吧？白色、黃色加上紅色耶，在外觀上也是完全勝利吧！」

「白色、黃色加黑色，這才是藝術般的配色。簡單說就是終極型態。」

三人之間迸發看不見的火花。

哎，我自己也知道我們的爭論非常沒有意義。

不過明知沒有意義，人生還是有必須堅持主張的時刻。

那就是現在。

沉默大概持續了五秒，微波爐像是要打圓場般發出嗶嗶聲。

看來吐司烤好了。

我靜靜地離開議場，將烤好的兩片吐司挪到盤子上。

接著拿起一片還很軟的吐司送進微波爐，按下「吐司」的按鈕。

這台微波爐有烤吐司的功能，雖然方便但一次只能烤兩片。

「好啦，妳們先吃。」

我把烤好的吐司擺到餐桌上，兩人有些不情願地坐到餐桌旁。

今天早晨的寧靜戰爭就此告一段落。話雖如此，我覺得這只是暫時停戰。

我從冰箱裡拿出瑪琪琳擺到桌上，奏音說著「陽葵先塗吧」把奶油刀遞給她。

「啊，謝謝。那我就先用了。」

陽葵立刻將奶油刀與瑪琪琳拿到手中，但是——

「妳——？不要用切的喔。」

「咦？」

沒想到陽葵竟然將奶油刀垂直刺進瑪琪琳挖出一塊。

我平常可是像挖掘化石般小心翼翼地一層一層刮下瑪琪琳的表層使用，她那樣簡直是難以置信的粗暴舉動。

「瑪琪琳應該從上面開始用吧？」

「是這樣嗎？我們家都是從邊緣切……」

「啊，我們家也是～」

奏音意料之外的附和讓我為之凍結。

「怎麼可能……話先說在前頭，在社會上妳們絕對是少數喔。」

「咦～～是這樣嗎～～？」

「哎，就算真的是這樣，在這裡有我和陽葵就是多數了。」

如此說完，奏音從陽葵手中接過奶油刀，一刀切進瑪琪琳。

「就說了！不要在我的瑪琪琳上挖洞！」

很遺憾，兩名女高中生沒有接納我的主張。

在吐司烤好之後，我為了填補兩人挖出的洞，仔細地撫平瑪琪琳的表面。

可惡！缺口完全無法填平……！

因為只有兩把椅子，我便站著吃。

雖然不符餐桌禮儀，但也沒辦法。

奏音煎的荷包蛋熟度非常符合我的喜好。

我自己總是拿捏不好時間，把背面煎得太焦。

我喜歡荷包蛋的蛋黃全熟，這樣比較有飽足感。

將醬油均勻灑在荷包蛋上，用筷子把蛋白切出一口大小的尺寸。

然後把沒淋到醬油的部分沾一下盤子上的醬油，送入口中。

……嗯，荷包蛋果然就是要配醬油。

我朝奏音和陽葵瞥了一眼，她們各自加上番茄醬和鹽巴享用。

順帶一提，我以前曾經模仿在電影裡看到的吃法，把荷包蛋放到吐司上一起吃，但是吃起來淡然無味，讓我相當失望。

因此這次我沒有提議。

果然荷包蛋還是加醬油最好吃

吃麵包卻拿筷子，這樣的用餐情景雖然怪異，但我不以為意。

然而仔細一想，早餐只有吐司加荷包蛋很簡樸。

對女高中生而言沒問題嗎？

哎，就算覺得不夠，家裡也沒其他食材了。

「我說……我平常早餐都吃得很隨便，是不是至少該幫妳們準備個味噌湯包？」

我突然覺得在意，開口一問。

此外，是不是該留意她們早餐習慣吃飯或麵包？我是麵包派的。

「咦？味噌湯用即泡湯包嗎？」

「咦？用即泡湯包就夠了吧？」

奏音和我停下筷子，睜圓雙眼對看。

「不，用即泡湯包煮味噌湯太浪費了。該不會你每餐都像昨晚的披薩一樣花大錢？」

「怎麼可能嘛！那樣鐵定會破產。一個人生活煮味噌湯也喝不完吧？所以我想說即泡湯包應該剛好。」

雖然我並非完全不開伙，但湯類的量很難斟酌。

我也曾經把剩下的味噌湯留到隔天再喝，不過也許是因為當時天氣太熱，聞起來顯然不太對勁，而且有些黏稠。

在那之後，我做料理就很注重要當天吃完。

「一個人生活用即泡湯包也許夠，但現在有三個人嘛。味噌湯做起來又不難，我來做吧？其實料理我大概都行。」

「咦……真的可以嗎？」

「哎，畢竟我在這裡白吃白住，做這點小事也是應該的。」

奏音撇開臉，不知為何語氣不太愉快。

這提議對我來說真是幫大忙了。

下班回到家還要拖著疲憊的身軀做飯，體力和精神都會大幅消耗。

所以我平常總會吃便利商店的便當，或是到超市買現成小菜了事。

「小奏會做料理啊，好了不起……」

「嗯，因為我和媽媽兩個人生活嘛，該說是自然而然學會的吧……」

「荷包蛋也輕輕鬆鬆就做好了。」

「不不不，荷包蛋不就煎一下而已。」

「我有做過幾次，每次都會燒焦變得一片黑……」

「啊、啊～～……」

奏音尷尬地挪開視線。

陽葵似乎對下廚很不拿手。哎，她本來就有種深閨千金的感覺嘛。

雖然我也算不上拿手，但不至於煎到焦黑。

「強火」派不上用場，只用「弱火」或「中火」就好了。這就是我在獨居生活中得到的心得。

總之，奏音願意主動擔起炊事的問題真是太好了。因為自炊就是節約的基本嘛。

話說，女高中生親手做的料理啊……

擺在眼前的煎荷包蛋看起來平凡無奇。

儘管如此，「那並非出自我的手」這樣的事實直到現在才讓我莫名有種難為情的感覺。

吃完早餐後，我立刻要陽葵去換衣服。

她身上只穿著一件我的T恤，這模樣自一大早就一直在眼前，刺激太強了些。

陽葵那雙腿實在很勾人視線……

於是，陽葵換上了制服打扮。

昨天穿的便服與制服，還有幾件內衣褲。

這些似乎就是她帶來的所有衣物。

以深藍色為基調的制服，有種與奏音的學校制服不同的清純。

「你好像一直盯著看耶。」

奏音嘀咕的語氣尖銳如針。

「我並沒有一直看。」

「騙人，明明就有。陽葵穿起制服太可愛了，這種心情我也不是不懂，但你可不要心生歹念喔。」

「誰會心生歹念啊。昨天我也講過，我沒有戀童癖。」

「陽葵妳自己當心喔，特別是腳。明明很細，但是看起來很柔軟，而且很長，讓人莫名想摸喔。」

「咦咦！會、會想摸嗎！」

「嗯。連我都這樣覺得了，男人應該就更不用說了吧？」

奏音說著斜眼瞥向我。

「呃，那個……我想應該不用擔心駒村先生，他之前還想幫我擺脫色狼……」

奏音好像還有話想說，但最後沒有說出口。

雖然不知為何斜眼瞪著我就是了。

唉，老實說，制服打扮的女高中生就在眼前，視線自然而然就會飄過去。

但是那絕非百分之百出自色心。

我希望奏音可以理解那也同時存在著對已逝的青春時代的懷念——然而看這反應，她應該是不會懂吧……

各自換好衣服後，我們站在狹窄的盥洗室，臉上掛著認真的表情。

議題是「關於洗衣」。

過去我每隔二到四天，待洗衣物累積一定數量後才會用洗衣機一併解決。但是現在和兩名女高中生一起生活，這習慣肯定無法持續下去。

此外，因為有滾筒式洗衣乾衣機（而且很安靜），我使用時從來不介意是白天還是晚上，「洗衣」在我的生活中並非固定的習慣。

因此我認為洗衣的時間也得定下來比較好，就與兩人開始討論，然而——

「老實說，我不想……」

奏音沒看向我，呢喃說道。

「衣服就算了，內衣褲——我絕對不想碰。」

那語氣和表情好像真的很厭惡。

不知怎地有種自己被當成髒東西的感覺，有點受傷。

家有年輕女兒的諸位父親，在家裡都會承受這麼傷人的言詞嗎？

但是，她沒說「不要用同一台洗衣機洗我的衣服」就該當作萬幸了吧。

唉……不過這下該怎麼辦？

我只在口中輕聲嘆息。

要求過去從未和男性一起生活的女高中生用手觸碰沾染了年近三十的男人各種汙穢的內衣褲——這種事我實在無法強求。

「那衣服就由我來洗吧？不過這樣一來，我就會摸到妳們的內衣褲喔，這樣可以嗎？」

「唔——」

原本就很抗拒的奏音這下擺出了更嫌惡的表情。

……人類的表情還真豐富。

對我來說，要我負責洗衣也沒問題。

不過考慮到兩人的心情，這時毛遂自薦肯定不太好吧。

可能會被當作覬覦女高中生內衣褲的變態。

「那個……我沒問題，洗衣就請交給我。」

陽葵畏畏縮縮地舉起手，打破這尷尬的氣氛。

「咦——可是……」

「我真的沒問題。既然我強求你讓我住下來，這點事我也該幫忙。」

「那就拜託陽葵了喔。」

「好的，請交給我！以前學校作業有『做家事』的時候，我幫忙洗過衣服。當然那時也洗過我爸爸的衣物。」

「哦？有這種家庭作業啊，話說那是多久以前的事？」

「呃，大概是國小三年級……」

嗯，我就知道。一無所知的小學生和現在大不相同吧。

不過既然陽葵說要做，就交給她吧。

話說回來，只憑國小家庭作業的經驗就能這般自信滿滿地回答，那青春的光芒讓我有些難以直視。

「那我先詳細說明一次。昨天妳洗澡前應該也有看到，洗衣精擺在洗衣機上頭的架子。基本上只要開啟電源，按下按鈕就好。順帶一提，這機器有烘乾功能，所以不用晾衣服。不過一直塞在裡頭會變皺，所以一旦洗好就要馬上拿出來。」

「是這樣啊。那基本上只要摺衣服就可以了。」

「嗚哇，這台洗衣機很貴吧……」

奏音覺得稀奇似的仔細打量洗衣機，如此說道。

居然會注意到這點，奏音真有眼光。

「我原本和弟弟兩個人一起住。我們兩個都很懶，覺得有烘衣功能的比較好——於是就合資買了這台。」

「之前你和弟弟一起生活啊？」

「是啊。但是不久前他交到女朋友，搬出去了。」

「哦……所以你就被留在這邊了。」

「我不是被留在這邊，是那傢伙自己搬出去的。」

「…………」

……奏音，不要用同情的眼神看我。

不過，我發自內心認為買了有烘衣功能的洗衣機真是太好了。

如果沒有這項功能，就必須晾這兩人的衣服。

我家沒有浴室乾燥機這種先進的機能。

這樣一來，當然就要在房裡或陽台曬衣服，如果在陽台上曬女性衣物，這個狀況隨時都有可能被人發現。

「啊，對了，這裡沒有洗衣袋啊。要加進購物清單才行。」

「洗衣袋？」

「……女性內衣褲的構造不能承受直接讓洗衣機攪來攪去。和男生的內褲不一樣，很纖細的。」

「是、是喔……」

奏音的視線正在譴責：「粗枝大葉的奔三男人就是這樣。」

呃，我只是沒有想過這種事，或者該說根本不知道。

「總、總之，關於洗衣就這樣說定了。」

我無法忍受奏音的視線，強硬結束話題。

我們終於走出狹小的盥洗室。

現在回想起來，在客廳商量不也可以嗎？哎，畢竟事情都過去了，就別太介意吧。

「陽葵，不好意思……」

回到客廳的瞬間，奏音突然小聲道歉。

「嗯？怎麼了？」

「關於洗衣服。是不是因為我很抗拒，妳才……」

奏音內疚地低下頭。

確實從奏音的角度來看，狀況就像是大家順著她的任性。

「不會，我一點也不介意。我也不會做菜啊。況且，我有點雀躍喔。」

「咦……該不會妳想摸摸看男生的衣服或內衣褲之類？」

「不、不是啦！不、不是那樣！啊……不過我的意思不是不想碰駒村先生的衣服喔。」

陽葵特別在乎我的感受。

也許這女生是個好孩子？

「那個，像這樣決定生活上負責的事項，我覺得有點好玩……和國小的時候決定各個股長的氣氛有點像。」

「啊～～的確有呢。對了，我喜歡的是照顧生物，拿飼料去餵兔子。」

「我喜歡整理布告欄。把大家的圖畫和書法字用圖釘釘在教室後面的布告欄，我很喜歡這種質樸瑣碎的工作。」

真虧妳們兩個能記得這麼清楚啊……我當時負責什麼職務，已經完全想不起來了……

在出乎意料之處，我體會到自己與女高中生之間的年齡隔閡。

第4話 購物與女高中生

早上十點前出門，來到附近的大型購物中心。

目的是買齊奏音說的生活用品、陽葵的衣物，以及其他諸多用品。

順帶一提，因為陽葵穿著制服，奏音也配合她穿上制服。

我個人覺得假日帶著兩名女高中生非常醒目，希望她們打消主意就是了……

奏音用一句「沒有人會在意這種事啦」駁回我的抗議。

的確賣場人太多，沒有人對我們投以狐疑的視線。

擦身而過時偶爾會吸引對方目光，但每個人都是立刻失去興趣而轉頭向前。

加上今天是星期六，店內擠滿了一起出門的家人以及看似情侶或朋友的成群年輕人。

幾乎找不到和我年紀相仿的男人獨自走在店裡。

「看，我就說吧？大家根本就不會在意我們。與其注意別人，跟自己的同伴聊天還比較重要。」

「好像真的是這樣……」

「呼……太好了。」

陽葵在我身旁放心地吐出一口氣。

看來聽了奏音這句話而安心的不只我一個。

畢竟這傢伙是離家出走的狀態嘛……

也就是說，她還是不應該這樣大大方方走在街上吧？

雖然陽葵說「家人應該不會把事情鬧大」，但總不至於完全沒在找她吧。

不過，反正她都來到這裡了，而且要買衣服時本人不在場總是不太方便。

總之就快點買好東西，早早回家吧。

「先從陽葵的衣服開始買？」

「能這樣的話，我會很感謝。還有，可以的話我想先換衣服……我的學校不在這附近，制服說不定特別醒目……」

「會嗎？」

在我看來，陽葵的制服和這一帶會看見的女高中生制服沒太大差別。

說穿了，我覺得只是常見的西裝式制服。

「啊～～……畢竟這個蝴蝶結真的超可愛啊～～」

奏音再度誇獎陽葵的制服。

對我來說單純是格紋蝴蝶結——也許其中藏著只有女生才懂的可愛要素吧？

身為大叔的我還是別多嘴比較好。

「總之先從衣服開始逛吧～～」

奏音帶著我們開始移動。

「奏音，妳該不會來過這裡？」

「有啊，跟朋友一起來的。」

「是喔？那就拜託妳帶路。其實我只來過一次。啊，拜託盡量挑便宜一點的店。」

我對奏音的背影丟出發自內心的請求。

我不知道女高中生愛穿哪種衣服，但拜託別挑一件超過一萬圓的那種店。

「我知道啦，陽葵，那就UNIQLO好不好？」

「嗯。其實我覺得買二手的就好，不好意思讓駒村先生破費……」

「不過，這種地方應該沒有賣二手服裝的店吧？」

「對啊對啊，況且到UNIQLO連內衣褲都能買齊，走吧走吧。」

奏音牽起陽葵的手，意氣飛揚地大步向前。

雖然我沒有那方面的興趣，不過女生手牽著手的模樣——該怎麼說……在近距離看著還滿不錯的……

我不想讓她們發現我在想這些噁心的事，便稍微保持一段距離，跟在她們身後。

女高中生的購物時間為什麼會這麼長……

走進店裡已經過了數十分鐘，我的精神力也漸漸被削弱了。

兩人在同一個地方繞了好幾圈。

我心裡想著「快點選一選吧」，同時到處看店內衣物。

不過，我目前並沒有特別想買衣服。無論是上衣或褲子，有去年的就很夠了。

啊，但是內衣褲還是先買新的好了。我有預感奏音又會有意見。

我這麼想著打算移動時，陽葵手拿著購物籃朝我靠近。

「那個，駒村先生，我先選了兩套便服還有睡覺穿的睡衣，跟兩套內衣褲和襪子——錢沒問題嗎？我都選了比較便宜的東西……」

陽葵如此說著，神色不安地給我看購物籃中的衣物。

——喂！不要這樣大剌剌地把內衣褲擺在我面前啊。我該做何反應啊！

雖然是全新的，但女高中生把自己預定要穿的內衣褲秀給男人看，真的無所謂？還是陽葵屬於特別案例？

「那個，駒村先生……？」

因為我一語不發，陽葵抬頭對我投出不安的眼神。

「你該不會想歪了吧？」

一旁的奏音冷冷地看著我，如此說道。

「怎麼可能嘛。」

我要鎮定。這只是店裡的「商品」，目前還不是陽葵的內衣褲。對，目前還不是。

我在心中一度整理好思緒，再次檢視購物籃裡的東西。

這只是為了確認價錢，沒有別的意思。

醒目的白色立刻躍入眼簾，完全是不可抗力。

……對了，昨天她跌倒時露出的內褲也是白色。陽葵特別喜歡白色嗎——呃，我幹嘛想起來啊。

總之，現在要先算一下。

「嗯～～這樣的話還在預算內，完全沒問題。其實要再多選一件也可以——」

「不了，實在是過意不去。這樣就很夠了……！」

「是嗎？那我就去結帳了。」

我從陽葵手中接過購物籃，像要逃離依舊盯著我的奏音，離開兩人身邊。

走向收銀台時，我順便將自己要穿的四角褲放進籃子。

既然要和女高中生一起住，家裡只有皺巴巴的內褲也許不太好吧。

結帳後，陽葵立刻就前往廁所換上剛買的衣服。

對我來說，比起讓她穿著制服，這樣還是比較安心。

奏音雖然有些不滿地嘀咕「難得的制服約會耶」，但她也明白原因，沒有再多說什麼。

之後我們來到日用品賣場，買齊奏音列出的用品。

接下來到家具與擺飾賣場，買了薄紗窗簾。這樣一來就不用介意外頭的視線了。

然後又添購了數量不足的餐桌用椅。

這把椅子就請店家直接送到家裡。

我再度看向購物清單。

浴缸用的清潔刷、芳香劑、洗髮精和潤髮乳、洗衣袋、廚餘槽用的濾網、廁所用的新垃圾桶和黑垃圾袋——

奏音列出的用品，這樣應該就全部買齊了。

除此之外又買了垃圾袋、兩人用的牙刷以及餐具等等。

如果還有其他不夠的用品，到時候再另外買吧。

之後再買齊食材，今天的目的就算大功告成——

「欸，我差不多餓了……」

聽奏音這麼說，我看向手錶。

指針已經超過十二點。

已經這麼晚了啊？

剛剛一直沒有特別注意，但是看了手錶的瞬間，飢餓感頓時湧現。

恰巧購物中心內部地圖就在眼前，我停下腳步。

餐廳區位在一樓，美食區則在二樓。兩者都在邊緣，和這裡有段距離。

「那就吃午餐吧。妳們兩個有什麼想吃的嗎？」

「我都可以。」

「嗯～～我也沒什麼特別想吃的。」

「這種回答最讓人頭痛耶。」

「那駒村先生想吃什麼？」

「呃，那個……其實什麼都好……」

「你也沒資格講別人嘛……」

我們呆站在地圖前，對著彼此面露苦笑。

雖然這似乎是我們三人第一次意見相同，卻有種難以言喻的心情。

最後我們決定前往美食區，分頭尋找各自想吃的午餐。

我選了天婦羅蓋飯和蕎麥麵的套餐，奏音選了熱狗和冰紅茶，陽葵則是章魚燒和柳橙汁，三個人的菜色毫無一致感。

吃蕎麥麵的時候章魚燒的味道飄過來，感覺還滿新鮮的。

不過，隔壁桌飄來的韓式石鍋拌飯的氣味更加強烈。

有點搞不清楚自己正在吃什麼。

話說回來，人真的好多啊。

看到四周人這麼多，我覺得應該不會有人注意到陽葵。當然，我也不會因此輕忽大意。

我懷著這樣的決意，咬了一口炸蝦天婦羅，就在這時——

「呼啊！啊、啊呼！好燙！」

陽葵咬了一口章魚燒，突然開始痛苦掙扎。

「還好吧！果汁！喝點果汁！」

口中含著章魚燒的陽葵聽從奏音的建議，喝了一口柳橙汁。

讓果汁在口中停留了一會兒，好不容易才嚥下肚。

「好、好燙喔……嚇了一大跳……」

「真是的，小心一點啦。章魚燒裡面非常燙喔，怕燙的話就要先吹涼嘛。」

「唔唔……我會的……」

陽葵照奏音所說，對著章魚燒不停「呼～～呼～～」地吹氣。

看到那模樣，奏音淺淺一笑，張嘴朝自己的熱狗咬下去——

「好燙！這、這條熱狗超燙的耶！」

然後像陽葵一樣因為太燙而掙扎。

「奏音妳也一樣要記得吹一吹喔。」

陽葵惡作劇似的笑著。

奏音無法回嘴，滿臉通紅地喝冰紅茶。

我則是強忍著不笑出聲，吸著我的蕎麥麵。

吃完各自的午餐後，我們稍事休息。

出遊的一家人或年輕人團體在四周閒聊，十分熱鬧。

無數人聲層層疊加起來，聽起來真的像海浪聲一般，不可思議。

「呼啊……接下來買好食材就能回家了。」

奏音打了呵欠並伸伸懶腰，如此說道。

「是啊。啊——不行，還沒。」

「怎麼了？還有什麼其他的？」

「嗯。我忘記買棉被了。」

「啊～～！我也忘了呢。」

差點忘了重要的東西。

畢竟在沙發上想必無法熟睡吧。為了保持健康，睡眠很重要。

「這樣啊……」

「怎麼了嗎，奏音？好像沒什麼精神。」

「嗯……有點累了。」

奏音的表情確實透著疲倦。

哎，畢竟也走了滿久。

「這段時間妳就在這裡休息吧？我去買棉被。」

「啊～～……嗯。那就這樣吧。」

陽葵來回看著我和奏音的臉，大概是拿不定主意該怎麼做。

「陽葵也在這裡等吧？」

「呃，那個……我想上洗手間……」

「你乾脆陪她一起去嘛，行李我會顧著。」

「沒問題嗎？」

「不用擔心啦，我又不會失蹤。」

奏音望著遙遠的某處如此說道。

這句話也許參雜著對母親的挖苦吧。

我覺得胸口傳來一陣輕微的刺痛。

「好吧。在這之前——妳先等一下。」

「嗯？」

我離開兩人，到飲料店買了漂浮草莓汁，隨即回到奏音身旁。

「來，等我們的時候就先喝這個。」

「咦……可以嗎？」

「嗯，我也沒買衣服給奏音妳嘛。」

「我是覺得無所謂。你怎麼知道我喜歡草莓口味？」

「剛才點熱狗套餐的飲料時，妳很猶豫吧？」

「咦……原來你記得啊。」

奏音是不是覺得我這個人記性很差啊？

才剛發生的事情我當然記得。

「就這樣，東西拜託妳顧著。陽葵，我們走吧。」

「好的。」

「……請慢走。」

奏音如此說著送我們離開。她臉上的表情前所未見地柔和，這應該不是我的錯覺。

離開美食區之後過了一段時間，我看向走在身旁的陽葵。

「妳會不會也想喝點飲料？」

我直到這時才察覺到也許在陽葵眼中，我對奏音特別偏心。

「不會，謝謝你的關心。你為我花了太多錢，已經很夠了。先不說這個，那個，我想趕快去上洗手間……」

她凝重的表情顯示狀況相當急迫。

「好、好。」

視線捕捉到掛在頭頂上的方向告示牌，上頭畫著廁所的標誌。我們連忙加快步伐。

寢具區位置與美食區正好在賣場的兩側，我們必須橫跨整個購物中心。

老實說，有點遠。看來賣場也不是越大越好啊。

要買的棉被馬上就決定了。目標是墊被和蓋被一組的商品，我選了最便宜的品項，買了兩組。

因為兩床棉被實在無法帶著走，便辨理手續請店家直接送到家。對方說今晚就會送到。

「連棉被都請你準備，真的很不好意思……」

「不，不用介意。況且是奏音希望妳住在我家，要道謝的話，去跟她說比較好。」

畢竟我原本打算過一晚就要把陽葵趕出去……

「雖然是這樣沒錯……但出錢的終究是駒村先生。」

「哎，畢竟那傢伙還沒成年。我也算是奏音的親戚……」

我覺得要自稱「監護人」好像不太對，因此沒有這樣說。

只是應狀況所需才變成這種狀況，我終究只是她的表哥。

「那就回去找奏音吧。」

我們為了閃躲行人而忽左忽右地移動，不停向前走。

「對了——畫圖需要什麼工具？」

「咦！」

陽葵聽了我的疑問，睜圓眼睛的模樣有點滑稽。

「畫圖的工具，全被妳爸媽扔掉了吧？」

「是沒錯……那個，該不會……」

「既然都來到這邊了，我想說順便買下來。」

「怎、怎麼可以！實在沒有理由讓你為我做這麼多——」

「妳自己不是說過？『我想有所行動，想參加比賽』對吧？況且妳原本就是為了盡情畫圖才離家出走吧？」

「這……確實……是這樣……沒錯……」

「如果妳介意的是錢，用不著想太多。」

「那個，駒村先生為何——為何要為我做這麼多？我到底該怎麼做才能回報你……」

陽葵對我筆直投出視線，讓我頓時失去言語。

到底是為什麼？

我要對昨天才剛認識的離家少女如此付出關心的理由。

對於陽葵的疑問，我無法給出明確的回答。

但是，自從聽聞她的境遇之後，內心深處就傳來陣陣騷動，不知為何有點難受——自己也無法釐清的衝動湧現，我只是順從這股衝動。

「……妳用不著想這麼多。」

「可是——」

陽葵似乎還是無法擺脫不安，然而這時她突然露出驚覺什麼的表情。

「啊——！該不會是要『用身體償還』？」

「啥！妳在講什麼！怎麼可能那樣！」

我不由得大吼，走過身邊的人們目光同時集中到我身上。

……可惡，有點丟臉。

但是聽陽葵這樣講，讓我稍微受到打擊。難道我看起來像那種人嗎？

不過，若問男人讓離家出走的女高中生住進家裡有何目的，一般都會那樣想吧……

「咦？不是嗎？因為我以前讀過的同人誌中，離家出走大多是這種劇情，我還以為一定是這樣……」

「我說妳…………不要用同人誌認識社會…………」

雖然我一直覺得她有點少根筋，但沒想到她不諳世事到這種程度……

——話說，等一下喔。

意思是她讀過「那種」情境的同人誌？

等等，妳還未成年吧？

因為我平常就會在FA〇ZA上看那類作品，剛剛那句話馬上就讓我覺得不對勁。

自從我開始看FA〇ZA之後才知道有「同人誌」這樣的世界，因此我其實不算多熟，但在我的認知中就是指情色內容的成人作品。

這種情況下我該怎麼反應才好……

而且對方不是男人，是個年輕女生。

我應該義正嚴詞地糾正嗎？不過，再怎麼說我也不是陽葵的父母……

……………

哎，這問題先擺一邊也無妨吧。

現在最重要的是——

「總之我對妳沒有任何要求。真要說的話，大概就是要妳表現出認真畫圖的模樣吧？所以希望妳告訴我畫圖需要什麼道具。」

陽葵沉思了一會兒，最後將那雙烏黑的大眼睛轉向我。

「比賽只接受數位投稿，因此需要繪圖軟體和數位板。駒村先生家已經有電腦，只要你能把電腦借給我用——」

「原來如此。順便問一下，繪圖軟體是用來修照片的那種？」

「是的。啊，該不會你工作上會用到？」

「沒有，我的工作是會計，完全無關——我剛才想到我弟弟還住在家裡的時候，會用電腦做合成圖。我家電腦有裝那種機能的軟體。」

「咦——！那該不會是Photoshop或Illustrator吧！」

「抱歉，我沒有連軟體的名稱都記得……」

陽葵突然興奮地快嘴問道，讓我有點嚇到了。

「不會，不好意思。不過只要有能製作合成圖的功能就很夠了！剩下只要有數位板就沒問題了！」

「是、是喔。只要買數位板就好了吧？」

我們邊走邊聊，來到空間寬敞的3C賣場入口前。

時機真是太巧了。

我和陽葵就順其自然地走進3C賣場。

「我想應該就擺在電腦區附近。呃，在哪裡啊……」

陽葵看著垂吊在店內天花板的指示牌，不停快步向前。

感覺好像突然變了個人……

陽葵如魚得水，神采奕奕地大步向前，而我只能跟在她後頭。

最後陽葵選了一款叫作「繪圖板」的品項。

「液晶繪圖螢幕太貴了……」聽到陽葵這麼說，我原本想告訴她「沒必要客氣」，但是一看到價格，我也只能把這句話吞回肚子。

液晶繪圖螢幕……

價格有高有低，但幾乎都相當貴啊……價格和電視差不多。

不小心窺見了未知的世界，讓我有點害怕。

「呃，也太慢了。」

回到美食區，奏音整個人趴在桌上。

她手握著原本裝著漂浮草莓汁的空容器，對我投出抗議的視線。

「不、不好意思，買了一些其他東西。」

「對不起，小奏……」

「哎，是沒關係啦……額外買的就是那個？」

奏音看向陽葵拿在手中的繪圖板的盒子。

「嗯。駒村先生說可以用這個畫圖……」

「哦～～對喔，陽葵說過想畫畫嘛。是因為這樣的話，也沒辦法吧。」

奏音對我的視線相當冰冷，對陽葵卻特別溫柔。

對奏音來說，我還是完全不熟悉的存在吧。

如果日後她能漸漸習慣，我會很高興就是了。

不過，也不強求啦。

「好了，那就買齊食材回家吧。」

這時重新數了一遍，發現買了不少東西。

而且接下來還要加上食材，回家時提行李恐怕會很累人……

與兩名女高中生分配購物袋後，前往一樓的食品區。

一次買這麼多東西，大概是搬家後的第一次。

但是，心情並不壞。

因為像這樣分擔行李走在路上，感覺好像一家人——這樣的想法掠過心頭。

第5話 電腦與女高中生

回到家，我立刻開始設置剛買來的各項用品。

頭一個裝設的是紗簾。

在家裡看起來單薄得不太可靠，但是這塊重要的布料日後將保護我們不暴露在外界的視線下。

這樣一來，我和她們兩個平常生活時就能忘記外界的目光。

接下來是芳香劑。

只是把芳香劑擺到玄關處，就有種好像變成別人家玄關的感覺。如此就不會被奏音抱怨了吧。

至於奏音本人，一回到家就立刻把食材放進冰箱。

明明是我家的冰箱，她卻像是在這裡住了好幾年般，以熟練的動作將食材接二連三放進冰箱。

適應環境的速度還真快……看她這樣，日後的生活應該不需要太擔心吧。

順帶一提，原本大剌剌占據冰箱正中央的發泡酒現在全被推到角落，看起來好像失去了容身之處。

陽葵從盒子裡拿出新買的繪圖板，坐在我的寢室裡的電腦前方。

「駒村先生，我可以打開電腦嗎？我想知道是哪種軟體……」

「喔喔。電腦只是進入休眠狀態，動一下滑鼠，螢幕應該就會亮起來。」

回答的同時，我正從塑膠袋取出浴缸用清潔刷。

對了，我最後一次碰電腦大概是在三天前吧？

最近養成了不關電源任憑電腦休眠的壞習慣。

「螢幕亮了，但是需要密碼。」

「啊，對喔。」

聽陽葵這麼說，我來到電腦前方。

輸入手指早已習慣的密碼後，螢幕上顯示三天前我瀏覽的網頁——

（——啊，不妙。）

我以光速挪動滑鼠。

「——！」

不理會驚訝的陽葵，迅速消除全螢幕。

太大意了……早知道就該事先消除……

在打開畫面之前，我完全忘了三天前的自己看了些什麼。

雖然首先映入眼簾的是新聞網站，但問題在於陳列在上方的幾個分頁。

簡而言之，就是那個啦。

未滿十八歲不得進入的那種……

而且顯示在分頁上的標題，一看就知道是「那一類網站」。

該不會陽葵剛才都看見了吧？

我希望她沒看到。

應該說，拜託沒看到。

「那個，駒村先生——」

「對了，妳要用繪圖軟體對吧！捷徑應該放在桌面。我看看——」

我強裝鎮定想蒙混過關，但聲音可能有些變調。

我側眼瞥向陽葵，發現她滿臉通紅地低著頭。

——啊。

這反應……鐵定被她看見了……

完了……

「駒、駒村先生……」

「……怎樣？」

我為了不讓她識破我的心慌，語氣變得有些冷漠。

不對。這時應該拿出成年男性的從容，乾脆就大方承認吧——在我下定決心時，陽葵搶先開口，輕聲呢喃：

「那個…………手……」

「嗯？」

這時我才注意到。

我把陽葵的手連同她握著的滑鼠一起抓在手掌中。

「啊，抱、抱歉。」

「不、不會……」

在陽葵開口之前，我完全沒發現她的手。我剛才到底是有多緊張啊……

不過，原來如此。既然日後陽葵會使用這台電腦，這方面我也得多加留意才行……

之後我得找個機會悄悄整理珍藏的資料夾……

為了改變尷尬的氣氛，我裝模作樣地咳了一聲，再度看向電腦螢幕。

「至於妳要找的繪圖軟體——」

「啊，找到了。就是這個圖示吧？真的很謝謝你。」

「嗯，那個其實是我弟擅自裝的就是了。」

「原來是這樣啊，那我得感謝你的弟弟了。」

繪圖板的ＵＳＢ線原本整理成一束，陽葵著手解開。

隨後她將ＵＳＢ線插到電腦，看著硬體設定畫面，輕聲呢喃：

「駒村先生喜歡年長的……不對，是喜歡人妻嗎？」

「————！」

陽葵語氣輕描淡寫，態度不慌不忙，表情甚至有幾分正經。

反而是我整個人慌了手腳。

如果我剛才口中含著飲料，現在恐怕全都噴出來了吧。

我說妳………在那短短一瞬間就看了分頁的標題嗎……

這種狀況下，該怎麼回答才是正確的應對？

現在我腦中的混亂程度，更勝於年輕時藏在床底下的那類雜誌被媽媽擺到桌上的瞬間。

「不、不是妳想的那樣啦……現實和興趣本來就是兩回事……對，那只是在虛構世界的興趣。當然這種觀念我也有，只是在不可能存在的世界模擬體驗觸犯禁忌的感覺——」

等等，我對一個女高中生在講什麼啊？

漸漸有種想死的感覺了。

「這樣啊……原來如此……人妻只是單純的興趣……」

不要複誦這一句。

陽葵不知為何表情越來越認真。

剛才觸碰我的手而滿臉通紅的模樣已經不知去向。

……我說妳，感性是不是有點異於常人？

「所以，其實年紀小的也行？」

「喂——！不要那麼露骨地說什麼行不行啦。妳是要我怎麼反應才好！」

「欸咦？」

陽葵發出傻氣的疑問聲，擺出一副呆住的表情。

這傢伙的感性果然有點異於常人。

對喔，她不久前還說過用身體償還之類的話……

順帶一提，若問我對年紀小一點的是不是真的不行，當然沒這回事，反而該說喜歡——

呃，我到底在想什麼啦！

哎，這部分就回到剛才那句話，我不會把現實和虛構的世界搞混。

這兩個傢伙都還未成年。

我當然沒有對她們出手的念頭。

幸好奏音應該沒聽見剛才這段對話。

自廚房傳來輕快的切菜聲，讓我稍微鬆了口氣。

「總之，這樣我就能全力畫圖了。那個，駒村先生，再次向你表達我的謝意。」

陽葵臉上倏地浮現柔和的笑容，與剛才的表情又截然不同——

我不由得仔細打量這張在短時間內顯露各種表情的臉龐。

將買回家的東西擺到家裡各處，處理剩下的垃圾，不知不覺就來到晚餐時間了。

「今天去買東西也累了，我想偷懶一下，就決定做壽喜燒。話雖如此，其實是相當節約的版本就是了。」

奏音穿著一身制服加上圍裙，將沉重的大鍋擺到客廳的桌上。

因為我家沒有卡式瓦斯爐，鍋裡裝著已經調理完成的壽喜燒。

就如奏音說的「節約版」，鍋裡的料只有牛肉、豆腐和青蔥，相當簡單。

不過，聞起來非常香。

「哇啊！小奏好厲害喔！好像很好吃！」

陽葵雙眼閃亮，雀躍歡呼。

奏音害臊地笑了笑，看起來滿開心的。

「只是把材料放進去煮而已啦。在涼掉之前快點吃吧。」

「喔，對了，妳們要生雞蛋嗎？」

「要，麻煩你了。」

「啊，我也要。」

所以兩人都敢吃生雞蛋。

這種食物方面的喜好也得記清楚——我這麼想著，從冰箱拿出三顆今天新補充的雞蛋。

光是冰箱裡放著蛋就好像過著有模有樣的生活。只有我會萌生這種感想嗎？

我順便拿出了冰涼的發泡酒，回到客廳的桌旁。

儘管現在生活中有兩名女高中生，我還是不會放棄這份小確幸。

將雞蛋遞給兩人，然後把蛋打在自己用的淺碟中。

就在這時，陽葵驚呼一聲：「啊。」

變成無數碎片的蛋殼散落在陽葵的淺碟中。

「陽葵打蛋技術很差耶……」

「嗚嗚……我笨手笨腳的，很不擅長這種事……」

「那我教妳訣竅吧。像這樣先敲出裂痕之後，用雙手的拇指像是要擠進裂縫那樣按下去——啊！」

「怎麼了？該不會奏音也失手了？」

「不是啦。」

奏音如此說道，得意洋洋地把淺碟秀給我看。

「小奏的蛋有兩顆蛋黃！」

「真的假的？嗚哇，我好像是第一次看到。」

「嘿嘿嘿，有種賺到的感覺。好像會有好事發生，先拍起來。」

奏音對著雙蛋黃舉起智慧型手機，按下快門。

但是她一拍完照片，立刻就用筷子澈底攪拌，打散蛋黃。

還真果斷啊……換作是我，大概還會再欣賞好一會兒。

奏音攪蛋的動作看不出絲毫留戀，有夠乾脆。

喜歡把照片上傳到社群網站的女性都像這樣嗎？

「唔唔，我們快點吃吧。那麼，我要開動了！」

「開動～～」

聽見陽葵和奏音這麼說，我才回過神來。

晚了半拍，我也說「開動」後，三人的筷子同時都伸向肉。

我懂了……

兩人和我同樣都是從重點開始吃的個性啊。這方面還滿契合的嘛。

奏音做的壽喜燒非常美味。

比起市售的壽喜燒，老實說她做的或許更合我的胃口，甜味相當適中。

陽葵同樣一邊吃一邊讚不絕口。

奏音雖然強裝鎮定，上揚的嘴角卻沒有逃過我的眼睛。

哎，不過我也沒有刻意說破就是了。

吃飽之後，我們將各自的餐具放進洗碗槽。

然後陽葵立刻回到我的房間。

剛才她似乎正在調整繪圖軟體相關設定。

奏音把鍋子從餐桌端回廚房時，我比她先站到洗碗槽前方。

「洗碗這點小事我來做吧。」

「可是……我說過料理交給我啊。」

「呃，洗碗和料理又不一樣。」

「我覺得一直到洗碗結束都是料理的一部分……就像平安到家才算遠足結束那樣，所以就給我做吧。」

奏音沒看向我，逕自拿起海綿。

和跟陽葵說話時不同，與我交談時很常變成這般冷淡又平板的口吻。

但是，來到第二天我也稍微明白了。

「……我說，妳用不著這麼介意。」

「咦？」

「妳對這段時間的種種感到『過意不去』吧？妳用不著這樣想。」

「…………………」

雖然我不太懂時下女高中生的生態，但這點程度的心情我還看得出來。

奏音默默地看著我，臉上浮現不知所措的神色。

「那個，該怎麼說……妳和我好歹也算是親戚嘛，我覺得用不著像陽葵那樣見外。」

奏音的母親突然失蹤，致使她來我家借住，這並非她的錯。

奏音對這整件事似乎懷著罪惡感，我隱隱約約有這種感覺。

老爸打電話來要我暫時照顧奏音一段時間，當下我確實深感困惑，但理由絕不是「不願意」。

「簡單說，因為妳是我的表妹，用不著客氣。就這樣。」

像這樣面對面說出口還滿害臊的……

不過，我確實這麼認為。

奏音沒看向我的臉，默默站了好一會兒，最後放棄爭辯般閉上眼睛。

「……好吧，那就交給你。」

奏音只如此呢喃，把海綿遞給我。

這樣就好了。

況且，就連洗碗都交給奏音，我自己在客廳遊手好閒，那不就完全像夫妻一樣嗎——這個想法掠過心頭也是接下洗碗工作的理由之一，但實在沒必要說出口。

「很好，儘管放心。那麼陽葵和奏音，看誰要先去洗澡吧。」

「嗯。」

雖然簡短的回答同樣冷淡，但感覺不到敵意。

※　※　※

晚上八點之後，白天買的椅子與棉被送到了。

洗好澡，奏音與陽葵立刻把棉被鋪在客廳。

雖然在木地板上鋪棉被有點奇怪，不過奏音覺得跟同年級的女生把棉被排在一塊彷彿校外教學似的，讓她心情有些欣喜。

刷過牙之後，奏音慵懶地坐在沙發上看電視。

和輝則坐在飯廳的餐桌旁喝著發泡酒。

因為晚餐時已經喝過，這是第二瓶了。

陽葵坐在和輝房間的電腦前方。

因為和輝房間的房門一直開著，她的模樣從客廳也能看見。

陽葵表情認真地在繪圖板上動筆作畫。

奏音剛才稍微靠近偷看，陽葵就害臊地喊著：「請、請不要看……！」還把畫面遮住。

據陽葵所說，她似乎討厭繪畫過程被人家看見。

奏音不太能理解那種心情，但既然陽葵不願意，她也覺得沒必要強求，便離開了。

在夜深之前，陽葵走出和輝的房間。

關掉電燈，陽葵和奏音兩人鑽進散發著新東西氣味的棉被。

聞到和自己家的棉被截然不同的味道，奏音想著：真的好像校外教學。

鑽到被窩後過了一段時間，陽葵小聲地對奏音開口：

「那個，小奏和駒村先生是表兄妹吧？」

「嗯，是沒錯。」

「駒村先生從小就是那種感覺嗎？」

「哪種感覺？」

至少和現在相比應該瘦一點吧——奏音勉強回憶起和輝過去的樣子。

話雖如此，因為只見過幾次面，樣子其實模糊不清。

「那個，該怎麼說，像是對別人很好……」

這句話陽葵越說越小聲。

客廳很暗看不清楚表情，但是光聽陽葵的語氣，奏音就明白了。

（啊～～是這樣啊……）

不只試圖幫助自己脫離色狼的魔爪，還為離家出走的自己提供住處。

甚至出錢支持自己的夢想——這樣的成年男性。

看在陽葵眼中，和輝毫無疑問就是英雄吧。

所以陽葵會開始對和輝萌生那種心情一點也不奇怪——奏音這麼認為。

「老實說，我過去和他沒見過幾次，所以我也不清楚以前的他是怎樣。」

「啊，是這樣啊……那個，不好意思突然這樣問。晚、晚安。」

「嗯，晚安。」

陽葵拉高棉被，把頭埋進被窩。

奏音轉身背對陽葵，閉上眼睛。

事到如今奏音才感到好奇。

和輝究竟是怎麼看待陽葵的？

把素昧平生的離家少女帶回自己家，甚至無條件支援她的夢想——

是因為和輝特別中意陽葵，才做出這番舉動嗎？

雖然本人嚴正否認，但也許他真的有戀童癖？

不過——奏音予以否認。

追根究柢，是她自己拜託和輝讓陽葵留下來。

和輝顧慮到不曾與男性一起生活的奏音的心情，才會接受這樣不合理的要求。

照理來說是這樣沒錯。

突然間，洗碗時和輝說的那句話在奏音腦中重播。

『簡單說，因為妳是我的表妹，用不著客氣。就這樣。』

因為妳是我的表妹——

不知為何，這句話一直在心頭盤旋。

如果自己不是表妹，他也會像對待陽葵那樣對待自己嗎——

這種不可能發生的「可能性」在奏音的腦海開始延伸，但奏音立刻甩了甩頭，像是要甩開這種念頭。

※　※　※

第6話　突發狀況與女高中生

隔天，我下班回到家時——

「歡迎回來，駒村先生。」

陽葵站在玄關處，面露柔和的笑容迎接我進家門。

「啊、啊……我回來了。」

我還以為她在房間裡作畫——

大概是注意到門鎖打開的聲音，才特地來到玄關吧。

像這樣被人迎接，有種害臊的感覺。

先聲明，我並不覺得反感，其實還滿開心。

「我來幫你拿東西。」

也不等我回答，陽葵便從我手中接過公事包。

「唔～～還滿重的耶。」

「嗯，因為裝了文件之類的東西。」

「每天拿著這麼重的公事包上班……駒村先生真的好了不起喔。」

「呃，這點小事很平常吧……」

和我一樣拿著公事包上班的人應該多得數不清。

我沒想過只是提著公事包上班就能得到誇獎，因此單純感到不知所措。

「你一定累了吧？請先到這裡坐下。」

陽葵順勢帶著我來到飯廳的椅子旁，要我坐下。

……她突然怎麼了啊？

不過我沒來由地覺得先順著她比較好，便聽話地坐下。

陽葵把我的公事包放到我房間後，回到我面前。

隨後她從冰箱取出寶特瓶裝的水，倒到杯裡。

「來，請用。」

笑臉盈盈地對我遞出杯子。

感覺絕不允許我拒絕接下。

「真的非常感謝您……」

不由自主地用了敬語啦。

我先一口氣把半杯水灌進喉嚨。

冰涼的水通過食道的觸感，有著與啤酒或發泡酒不同的爽快感。

「請問好喝嗎？」

「啊～～嗯。」

哎，瓶子上就直接大大地寫著「好喝的水」嘛……

當然我也不覺得難喝。

這時我終於注意到另一件事。

「對了，奏音人呢？」

這時間她應該正在做晚餐，卻沒見到她的身影。

「小奏她去買東西了。她好像說缺了調理酒之類的，急急忙忙出門了。」

「是喔。」

既然我回家時沒撞見她，應該已經出門好一段時間了。

大概很快就會回來了吧。

「駒村先生。」

「嗯？」

我喝著剩下的水，陽葵對我開口說道。

這回又怎麼了？

陽葵坐到我面前，對我投以若有所求的眼神——

「那個，你要先吃晚餐——在奏音回來之前也沒得吃，那個，接下來要先洗澡？還是說……要、要選我？」

噗！

我不由得噴出口中的水。

「妳、妳沒頭沒腦在說什麼啦！」

「咦？對剛下班回來的男性，不是都會這樣問嗎？」

「妳從哪裡得來的知識！正常沒人會這樣講！」

不過，若是新婚家庭，有這種互動可能也很正常吧……

但我不是新婚，何況她是高中生，聽她這麼說我當然不能點頭答應。

「原來是這樣啊……」

陽葵有些消沉，但立刻又重振精神般抬起臉。

「總、總之熱水已經準備好了，請先洗澡！」

「在那之前得先擦乾淨——」

餐桌上都是我剛才噴出的水滴。

「這個我會擦！駒村先生請先去泡澡！」

我原本打算去拿抹布，但陽葵語氣強硬地阻止我。

「喔、嗯，我知道了……」

在陽葵這股魄力之下，我沒想太多就暫且順著她。

身體泡進浴缸，低吟聲自然而然從喉嚨洩出。

「啊～～…………」

對於歷經工作與擠滿人的電車而疲憊的身體，熱水果然相當有效。

話說回來，今天的陽葵到底是怎麼了？

自從我回到家，她的一舉一動都太可疑了。

就在我這麼想的下一瞬間。

「駒村先生，那個……」

盥洗室傳來陽葵的說話聲。

我看見陽葵站在浴室的毛玻璃門前。

「我要進去了喔。」

————啥？

在我理解這句話之前，浴室門已經被拉開。

「喂喂喂！等一下等一下等一下等一下！」

我連忙在浴缸中擺出跪坐的姿勢。

陽葵一隻手拿著毛巾。

目睹她的模樣，我頓時理解了她的用意。

——無論如何都必須拒絕。

「我、我來幫你刷背……！」

「不用妳幫忙！我自己會洗！」

「可是，至少讓我幫這點忙——」

喀嚓。

陽葵這句話說完的同時，傳來玄關大門開啟的聲音。

換言之——奏音回來了。

……………

我的心境四大皆空。

緊接著，不出所料——

「等等！你們在幹嘛啊！」

奏音注意到浴室的異狀，手裡還提著購物袋就直接進盥洗室。

「我說……」

奏音蹺著腳坐在椅子上，雙手抱胸，太陽穴正不斷抽動。

我和陽葵跪坐在她面前，只能靜靜等待她開口說下一句話。

現在的我們沒有發言權。

「陽葵，以後不要再有那種舉動。」

「好的………」

被奏音當面責備，陽葵消沉地垂下頭。

「可是，我只是想做些事回報駒村先生——不管什麼事都好，我想要有點貢獻……」

「這個我很了解。但是，當這種事擺在眼前，我也會產生奇怪的誤會嘛。」

「好的……對不起……」

陽葵更是縮起了肩膀。

奏音看著陽葵的反應，輕嘆了一口氣，緊接著狠狠地瞪向我。

「你要阻止她啊。」

「呃，應該說我來不及阻止就——」

「語氣要強硬，態度要明確，像個大人一樣。知道嗎？」

「……我知道了。」

實在無法反駁。

事實誠如奏音所言。

我真的一進家門就被陽葵牽著鼻子走啊……

日後得多加注意。

我轉身面向陽葵，正色說道：

「陽葵，以後妳不需要用這種方法來關心我。我之前也說過，我只要妳拿出認真畫圖的態度就夠了。」

「好的……我知道了。」

陽葵使勁點頭。

嗯，這樣應該就沒問題了吧——我才剛這樣想，陽葵立刻轉向奏音，對她投出閃閃發光的眼神。

「那個，我可以幫小奏刷背嗎？」

「呃咦！」

奏音完全沒想過矛頭會轉向自己，差點從椅子上摔下來。

拜託，妳也驚訝過頭了吧。

人從椅子上跌下來的情景，我第一次在漫畫以外的地方看到。

「…………不行？」

陽葵圓亮的雙眼閃爍光芒，注視著奏音。

想答謝幫忙做飯的奏音——我立刻就明白了陽葵的心情，但是看在不知情的人眼中，就只是氣氛親暱的兩個女生啊……

「呃，這個嘛……我、我喔……」

「……不可以嗎？」

「啊～～好啦，我知道了啦！但是只能一次！只有一次喔！」

「嗯！」

聽了奏音的回答，陽葵滿面笑容地點頭。

……這段互動，我在旁邊看真的沒問題嗎？

完全被當作局外人的我懷著無可奈何的心情默默看著兩人對話。

於是，兩人馬上就要好地走向浴室。

「哇……小奏的皮膚好好喔。」

「喂！不、不要突然摸我啦！」

「啊，抱歉。一時忍不住……好羨慕喔。」

「陽葵的腿也又細又長，而且皮膚也很光滑嘛。」

「嗚哇哇！很癢耶，小奏！」

「哼哼～～我只是還以顏色。」

「唔唔～～……」

兩人嬉戲打鬧的聲音從盥洗室傳出。

我是希望她們能把音量放低一點，但是現在提醒她們，鐵定會被奏音罵：「不要偷聽啊，變態。」

所以我只能忍耐………不可以，我不能去想像。

唯有四大皆空。只要抵達無的境地，這般對話只不過是區區的雜音——

「好～～我接下來要幫奏音刷背了喔。」

「啊，嗯，謝謝。」

就如剛才所說，陽葵似乎開始幫小奏洗背了。

「小奏，那個——我可以提出一個任性的請求嗎？」

「嗯？幹嘛？」

「請讓我摸摸看。」

「咦——呀啊！」

「嘿嘿嘿！這位客人，您的胸部很棒喔～～請分我一點～～」

「為什麼突然變成可疑人士啦！話說，等、等一下……不、不要揉得那麼用力啦——」

「唔～～軟綿綿有彈性又滑溜溜的，太不公平了。」

「我、我剛才不是說過妳也一樣滑溜溜的嗎！看招！」

「呀～～！請、請不要突然摸我屁股！」

……距離無的境地……還很遠啊……

今天的天空烏雲密布。

我回想起奏音與陽葵來到家裡的那天，傍晚之後的天空就像這樣。

兩人來到這裡只過了短短幾天，但我有種已經過了好幾個星期的錯覺。

兩人住進家裡之後的生活對我來說就是這麼新鮮。

這也是當然的吧。

原本回到家也空無一人，現在卻突然多出了兩個人。

當我愣愣地眺望著灰濛濛的雲，磯部就拿著幾份文件緩步靠近我的座位。

「欸，駒村，這個，數字全都錯一行喔～～」

「咦——」

我連忙掃視磯部遞給我的文件。

這——看來我搞砸了。

從上面算起第三行，因為忘記輸入數字，從這邊開始位置全都錯了一行。

「你平常不會有這種失誤啊，還真稀奇。而且今天你好像常常在發呆，該不會是身體不舒服？」

「沒有，不是這種原因。不好意思，我馬上改。」

「是喔……？哎，那就拜託你改啦。這可是大家重要的薪資，別弄錯了喔～～」

我開始盯著電腦螢幕，磯部看了我一眼便回到自己的座位。

不行。居然在工作時也不知不覺回想起她們。

為了強硬扭轉自己的意識，我用力深呼吸。

拚了命挽回工作上的失誤，好不容易能夠準時下班。

回到家時，奏音已經站在廚房做晚餐。

「……你回來啦。」

奏音也沒看向我，如此說道。

儘管如此，我還是很開心。

「歡迎回來～～」

我的房間也傳出陽葵的聲音。

「我回來了。」

開口說出「我回來了」，到現在還是有點害臊。

不過，我再度體驗到下班之後有人在家裡感覺真的很不錯。

我鬆開領帶，站在奏音的斜後方，看她動手料理。

平底鍋已經放了切好的豬五花肉，在小火加熱下開始冒出香噴噴的油。

在這段時間，她將杏鮑菇切好，扔進平底鍋。

隨後從微波爐中取出青花菜，同樣放進平底鍋。

原來如此。

青花菜不用水煮，有盤子、水和保鮮膜就能用微波爐搞定。

「你到底在幹嘛？不要這樣一直盯著看，我會分心。」

「沒有啦，只是覺得妳很熟練而已。順便問一下，這是什麼料理？」

「沒有特別的名稱，只是味道比較濃的炒青菜，沒放油，改用美乃滋。」

這是什麼隱藏版料理……

哎，不過聽她這麼一說，美乃滋也算是一種油沒錯。

在我既訝異又敬佩的時候，奏音將美乃滋與少量大蒜醬混合，倒進平底鍋。

加強火力，開始翻炒。

一小段時間後撒上黑胡椒。

對了，家裡原本應該沒有大蒜醬跟黑胡椒才對。

應該是上次購物的時候買的吧，我都沒注意到。

「就說了，不要一直盯著看啦。」

「抱歉抱歉，只是覺得妳能成為一位賢內助。」

「呃——！少、少在那邊亂講話了，不會先去洗澡喔！」

我這句話是發自內心，但奏音的臉變得比預料中還紅。

這氣氛好像不太妙。

在奏音開口罵人之前，我趕緊離開廚房。

洗完澡的時候，晚餐已經上桌了。

除了剛才做的炒青菜，味噌湯也做好了。

剛才在我房間作畫的陽葵也到餐桌旁，晚餐時間開始。

「邊吃邊聽就好，先聽我說，關於以後平日的白天——」

「啊，關於這件事我也有話要說。」

基本上我平日都在公司，而奏音要上學。

家裡只有陽葵一個人在。

我在這方面沒有想太多，昨天和今天就這麼出門上班了。

「雖然之前決定洗衣由我來做，打掃也交給我吧？」

「妳能幫這個忙，我很感謝，不過我有一個請求。不要用吸塵器。聲音可能會讓周遭的住戶注意到陽葵的存在。」

「啊，對喔……我明白了。」

陽葵的存在是至高機密。

一旦她的存在曝光，很多事都會完蛋。

「除此之外，午餐怎麼解決？昨天和今天都是奏音早上做飯糰——」

奏音在準備自己的便當時順便幫陽葵做了飯糰。

陽葵沒辦法像奏音那樣下廚。

泡麵只要加熱水就可以，陽葵應該也能辦到，不過就和剛才提到的吸塵器一樣，白天開

抽風機可能會讓鄰居注意到，老實說，我希望她能盡量避免。

「小奏，只是做飯糰的話我也行，明天起我會自己做。」

「嗯，我知道了。那為了陽葵的午餐，我做便當配菜時會事先多做一些，妳吃那個就可以了吧？」

「嗯，謝謝妳。除了這件事，我想找份打工。」

「「咦～～」」

聽了陽葵這句話，我和奏音不約而同驚呼。

「等等，妳明明離家出走，那樣應該不太好吧？」

「對呀，陽葵，很危險耶……」

「駒村先生和小奏，謝謝你們。可是我今天想了一整天，這樣下去任憑兩位照顧，我實在無法接受。我覺得至少該拿出自己的餐費。」

「可是——」

見到陽葵認真的表情，我也無法再多說什麼。

她的眼神是認真的。

陽葵本來就擁有為了夢想離家出走的行動力——

她的眼神讓我理解要改變她的決心十分困難。

奏音似乎也明白這一點，只是面露不安的表情直視著陽葵。

「妳好像很堅決……可是，這樣真的沒問題嗎？萬一被發現，可能就沒辦法繼續追求夢想了喔。」

「這個我之前也提過，我認為不成問題。我父母真的是非常在乎風評的那種人……他們絕對不想把事情鬧大，所以不會利用公家機關來找我。為防萬一，我也用網路查過警方有沒有接到我的失蹤協尋，但目前完全找不到與我有關的消息。」

「原來如此……」

其實我也偷偷在警方的網站上找過有沒有這方面的消息，但就如陽葵所說，沒看到相關的消息。

仔細一想，我甚至還不曉得陽葵的姓氏。

說不定就連「陽葵」這個名字都可能是假名。

不過，我不打算追問。

這是考慮到萬一有人發現陽葵住在我家。

我不知道她的本名。

她沒有告訴我。

我被騙了。

這件事可以用來當作這類藉口之一。

……連這些事都列入算計的我也許相當卑鄙。

因為我對她伸出援手的同時，也有考慮拋棄她的可能性——

「那個，我可以去打工嗎？我不會找便利商店之類的，而是被我家人發現的可能性非常低的工作……」

「既然妳這麼堅持，那也沒辦法……明天我會買履歷表回來。不過……妳確定沒關係嗎？萬一因為這樣被妳家人發現，我恐怕幫不上忙。」

陽葵短暫閉上眼睛，不知道在思考什麼，但立刻就睜開眼睛，用力點頭。

「沒關係。」

「……好吧。」

確認她的意志之後，奏音拿著餐具緩緩起身。

「我吃飽了。」

剛才一直忘了動筷子的我和陽葵連忙繼續吃晚餐。

出自奏音之手，沒有名稱的炒青菜。

豬肉幾乎沒有美乃滋的味道，濃郁的黑胡椒非常下飯。

我第一次嚐到這種味道，這味道也很棒。

話說回來，不需自己動手也有料理能吃，真的很感謝她⋯⋯

一想到過去每天都吃便利商店便當和超市現成小菜，感激之情更是泉湧而出。

而且為我做菜的還是女高中生。

此外還有一個雖然不會做菜，但是會幫忙打掃和洗衣服的女高中生。

萬一被世上的獨居男性知道，我搞不好會死於嫉妒之下。

我在心中再度發誓，絕不能讓任何人得知這個狀況。

洗好碗盤之後，我坐在客廳沙發上休息。

就在這時，被我扔在沙發上的智慧型手機發出告知電量偏低的音效。

把充電線接上智慧型手機時，我想起某件事。

「對了，我還沒問過奏音的聯絡方式。可以告訴我嗎？需要時不知道的話會傷腦筋。」

沙發旁邊直接坐在木質地板上看電視的奏音回過頭來。

「啊，嗯。」

奏音把手機螢幕轉向我，上頭顯示她的電話號碼。

我立刻登錄在通訊錄中，隨即撥給奏音，一撥通就掛斷。

奏音似乎也立刻就登錄了我的號碼。

登錄好以後，她便若無其事地把視線拉回電視上。大概正專注在看電視劇吧。

我上一次看電視劇大概是高中的時候了。

現在走紅的演員名字我幾乎都不認得，唯一不變的就是男演員個個都帥氣。

由這類型男來扮演「相貌平庸的男人」角色，讓我覺得不太對勁。這大概是和年輕時感想不同的地方吧。

不過，只是雞蛋裡挑骨頭罷了。

這麼說來，奏音好像沒提過她慣用的社群網站——哎，也沒差吧。

雖然我有帳號，但幾乎沒在用，頂多接到官方告知新貼圖上架的消息。

現在和朋友與同學也幾乎沒聯絡了。

之前都在一定要假日加班的時候接到同學會的通知，我每次都回答「不參加」，於是連通知也不再傳來了。

雖然是自己的行為招致的結果，還是有點寂寞。

「對了，陽葵沒有智慧型手機嗎？」

我對著在我房間面對電腦螢幕的陽葵問道。

「留在家裡了。因為我不想被ＧＰＳ發現位置……」

「原來如此……」

所以，我沒有聯絡陽葵的手段啊。

——不對，等一下。

「那就把家裡的電話號碼告訴妳吧。奏音也順便把這支電話記起來。」

「知道了，晚點告訴我。」

我移動到設置在客廳角落的家用電話兼傳真機。

現在幾乎沒在使用，因此機器蒙上了薄薄一層灰塵。

我剛進公司的時候，當時的上司幾乎不懂得用電腦，不以電子郵件而是用傳真機聯絡。

這台機器就是當時的遺物。

那時滿辛苦的……

我之前就考慮差不多該解約了，看來以後再說吧。

「萬一有什麼事就打電話給我。我想妳應該知道，有人打到家裡也不用接，我設定了自動錄音。」

我將寫著手機號碼與家用電話號碼的紙遞給陽葵。

陽葵看著號碼，用力點頭。

「啊，我的手機號碼也先告訴陽葵吧。」

奏音從書包拿出可愛的筆記本，寫上自己的號碼遞給陽葵。

「謝謝。」

陽葵從我們手中接過紙條，放到電腦旁邊。

今天奏音先洗澡，陽葵排在她後面。

我是一回到家就先洗澡，不過入浴的順序是不是先決定比較好？

可是，一旦加班就會比較晚回家。這方面還是臨機應變吧。

奏音大概是因為洗完澡，坐在沙發上打盹。

我還以為她在專心看電視，難怪這麼安靜。

我也差不多該刷牙，發泡酒也喝完了。

「嘿咻。」

站起身時，我不由得發出聲音。

我也覺得自己越來越像中年大叔，但自然衝出口的聲音也無可奈何。

好啦，希望明天也能平穩地度過——

我這麼想著，未經思考便隨手打開盥洗室的門。

真的什麼都沒想。

只是想進盥洗室刷牙——

日常生活深植於身體的習慣，只是不假思索的動作。

不知為何，這個瞬間的我的腦袋完全沒想到，剛洗好澡的陽葵可能就在盥洗室——

「咦！啊！哇！咦！」

「——呃！抱歉！」

我連忙關上門。

心跳的節拍加快到無法置信的程度。

……一絲不掛。

年輕飽滿，而且白皙的身軀。

修長的腿看起來十分柔軟。

尺寸不大但形狀美好的雙丘，在那前端有一抹漂亮的粉紅——

——！不行，不可以回想。快點忘記。一定要忘記。

這個嘛，先想一些讓人退火的情景。

有沒有什麼適合的？

對了。今天早上電車上在我身旁的大叔，頭髮稀疏得像條碼的那個大叔的臉。

……嗯，感覺好多了。

早上在擠滿人的車廂，我被迫與那個大叔緊貼在一起嘛。

因為對方流的汗異常地多，感覺真的很討厭，沒想到當時的體驗會有派上用場的時候。

那位大叔肯定作夢也沒想過自己的模樣會被我用在這種地方吧。

「呀啊啊啊啊啊啊啊啊！」

晚了幾秒後，陽葵的慘叫聲自盥洗室傳出。

看來她花了點時間才理解剛才發生了什麼事。

嗯，因為她思考完全停擺了嘛——啊，不可以回想剛才的場景！

大叔，拜託再救我一次……

「陽葵！怎麼了！」

聽見陽葵的尖叫聲，奏音連忙趕來。

於是她與蹲坐在盥洗室前方的我對上視線。

「居然闖進去，真是不敢置信！」

站在我面前的奏音雙手扠腰，厲聲怒斥垂著頭跪坐在地的我。

至於陽葵，她一走出盥洗室就立刻衝進我房間，關起房門。

這個嘛，這次完全是我不好，只能全力道歉。

「對不起，陽葵。真的很抱歉。」

我低下頭道歉，拉高音量到房裡的陽葵也能聽見。

「但是，我不是故意的。這點是絕對的。」

「真的嗎……？因為之前我跟陽葵一起洗澡，你就覺得自己也可以吧？」

「我怎麼可能會那樣想啊！雖然聽起來像是藉口——但我和弟弟一起住的時候，進盥洗室也從來沒有特別注意過，我才會像以前那樣走進去……也許妳們沒辦法相信，但我真的不是故意的。以後我會多加注意，真的很對不起。」

「不過，直接跳過偷看這個階段，大大方方就走進去，也許反而證明你沒有歹念……總之，你以後要小心喔！不要忘記家裡有我們在！」

「——他這麼說了，陽葵妳怎麼看？我覺得拿平底鍋敲他的頭當懲罰應該剛好。」

「這是當然。我不會再犯錯。」

奏音提出恐怖的提議。

不，如果這樣能讓陽葵釋懷，我當然也願意接受……

「啊，不用。我只是有點嚇到——那個，已經沒事了，嗯……我才覺得不好意思……」

陽葵稍微打開房門，害臊地從門縫間露出臉。

「陽葵妳不用道歉啦。」

「沒錯。一切都是我的錯。」

「呃……我很明白駒村先生已經在反省了……那個，嗯，已經沒事了。呃，我今天就先睡了……」

這樣應該比較好吧。

老實說，要是這樣的氣氛一直持續下去，我也有些難受。

於是，在這難以言喻的氣氛中，我們盡快做好了就寢的準備。

※　※　※

——睡不著。

不知為何，奏音毫無睡意。

關燈後過了好一段時間，眼睛已經習慣黑暗。

看向一旁的陽葵。

她似乎同樣睡不著，翻來覆去不停改變姿勢。

「……還好嗎？」

奏音不由得這麼問。

因為她可以想像剛才那件事對陽葵是相當嚴重的驚嚇。

「小奏……老實說，我有點難過……」

陽葵的語氣消沉。

果然沒有那麼快就能拋諸腦後吧——奏音這麼想的時候，陽葵接著說：

「果然……我只被當成小孩子看待……」

「…………咦？」

奏音無法在這瞬間理解陽葵這句話。

「駒村先生看到我的裸體，態度也完全沒變……所以，我沒有被他當成女性……」

——原來如此。

和輝剛才的確從頭到尾都在道歉，而且是發自內心。

「雖然事出偶然，但是能看到女高中生的裸體真幸運。」這般的態度，就連一絲一毫都感覺不到。

換言之，也許真如和輝本人再三重申的，他沒有戀童癖。

忘記是什麼時候，有男友的同學說過「男人都是野狼，時候到了就會現出真面目喔」，不過或許和輝屬於例外。

是因為他是成年男性嗎？

對於男性這種存在還是懷著戒心。

儘管如此，和輝他——開始想到這裡的時候，睡意籠罩了奏音的意識。

※　※　※

第7話　血緣與女高中生

「駒村～～今天要不要去喝一杯？」

到了下班時間，我收拾東西準備回家時，磯部再次來邀我去喝酒。

「不，這次就算了。」

「別這樣說嘛～～今天陪我一次沒關係吧？好不好？」

平常我只要拒絕，他就會乾脆地收手，今天這樣死纏爛打還真稀奇。

「不好意思，最近在省錢。」

「又講這種話～～你最近完全不點頭耶。我差不多要難過到哭了喔。」

「你今天特別纏人耶……該不會遇到了什麼討厭的事？」

「對，就是這樣。我就是喜歡駒村這種善解人意的地方！」

「聽你這樣講也……」

聽男人這樣說，沒什麼好開心的。

「哎喲，你很冷淡耶。總之先聽我說嘛。有個我覺得很不錯的清純系女生每天早上跟我

搭同一班車，但是今天見到她的時候，身邊帶著男朋友！我什麼都還沒做就被甩了！世上真有這麼難過的事嗎！」

「嗯，這樣啊。真遺憾……既然已經聽你說完，也沒必要到店裡聊了。」

「駒村這種追求效率的地方，我覺得太冷淡了很不好！討厭！」

到底是喜歡還是討厭，拜託分個清楚。

「總之我要回家了。」

「嗯～～……感覺你最近常常心不在焉耶。我的野性直覺在呼喊，該不會駒村你……有女友了？」

一瞬間不由得心驚，但我得冷靜。她們可不是女友。

然而，我不能被磯部看穿。

兩名來歷複雜的女高中生住在我家，平常幫我做家事。

「很遺憾，我沒有女友。況且如果你的野性直覺夠準，打從一開始就該看穿電車上的女生已經有男友了吧？」

「這句話更傷害了傷心的我……哎，話是這樣說沒錯啦，但你也太無情了吧？」

「總之我要回去了。你今天就找別人吧。」

「其他人一定會故意挖苦我啦～～我現在正好需要你這種冷淡的態度。」

「不好意思，我今天真的想回家。」

「嗚～～駒村真是壞心～～」

「愛怎麼說隨便你。」

我轉身背對消沉的磯部走出去。

大概是放棄約我了，背後傳來磯部向其他同事哭訴的聲音。

雖然覺得不好意思，但我現在沒時間聽別人為戀愛訴苦，這也無可奈何。

只有那兩人待在家裡還是讓我稍感不安。

今天回到家，奏音同樣正在做晚餐。

「喔，今天是漢堡排啊。」

平底鍋放了三人份的漢堡排。

出社會之後味覺或多或少有了改變，小時候沒那麼喜歡的燉菜或醃製食品，現在也能理解其美味之處。不過拉麵、咖哩和漢堡排等小時候就喜歡的菜色，到現在也一樣喜歡。

我今天中午也是吃拉麵。

「就說了，我做菜的時候不要看啦。我會分心。」

奏音這麼一說，我連忙閃邊。

為了日後能自炊，我希望趁機會多學一點就是了……

哎，這就等以後和奏音的距離更近一點再說吧。

「歡迎回來，駒村先生。正好浴缸的水已經放好了。」

陽葵這麼說著走出盥洗室。

我原本做好了會被她閃躲好一陣子的心理準備，但她的態度就像昨天的事不曾發生過，一如往常。

……不，現在不要回想起來，快點忘記啊。

「你要先洗澡嗎？」

「嗯，謝了。」

我放下行李，連忙走進浴室。

就如陽葵所說，浴缸裡已經放了大概一半的水。

「呼～～……」

身體一泡進浴缸，一口氣便不由得衝出喉嚨。

只淋浴跟泡澡，排解疲勞的效果真是完全不同啊……

接下來天氣會越來越熱，淋浴應該就夠了，但有時像這樣泡泡澡也許也很重要。

只有一個人生活時，就連在浴缸放水都讓我嫌麻煩，感謝有這兩人讓我沒有負擔。

我不由得開始考慮兩人離開後的生活。

屆時只是回到原本的生活——

我卻覺得可能會有些討厭。

走出浴室並換好衣服的同時，擺在洗衣機上的智慧型手機響了。

來電的人是爸爸。

「喂，是我。」

為了避免兩人聽見，我盡可能壓低音量，接起電話。

『不好意思突然打擾啊，和輝。後來奏音的狀況怎麼樣？』

「目前看起來生活上沒問題。」

哎，雖然她還沒完全對我敞開心房就是了。

如果沒有陽葵，我和奏音之間的氣氛可能會更加尷尬吧——當然了，我也無法向老爸說明陽葵的存在。

『那就好。我們家沒有女孩子，奏音家裡也沒有男性，我有點擔心你們能不能適應。』

老爸，你的擔憂大致上料中了。

對我來說，女高中生還是全然未知的存在，雖然是有想辦法蒙混過關啦。

『然後，關於翔子阿姨——目前還沒找到。』

「這樣啊……」

『要是我有收到任何消息，會立刻聯絡你。拜託你再照顧奏音一段時間。』

「知道了。老爸也別太勉強自己。」

『……知道啦。』

結束通話後，我抬頭仰望上方。

現在擔心也許太遲了，難道奏音不會感到不安嗎？這方面的心境，從她的態度完全無法捉摸。

總之，目前我能辦到的只有讓奏音住在這個家——

所以我再次想著至少要讓奏音的心在這個家裡能夠放鬆。

開始享用晚餐後，奏音緩緩地開口提起：

「話說——我在做飯的時候突然想到，我還沒問你們討厭吃什麼。」

「的確是。」

這麼重要的事，我們怎麼會一直沒有想到？直到今天都沒有人提過，反倒很驚人。

我這麼想著，咬了一口漢堡排。

嗯，口感柔嫩，肉汁在口中漾開。非常美味。

以前和弟弟一起住的時候，我做過一次漢堡排，但那次忘了準備定形用的麵包粉。最後乾脆不管麵包粉直接開始做，結果做出了乾燥鬆散得嚇人的漢堡排。當時的苦澀記憶掠過心頭。

「先不管討厭吃什麼，重要的是有沒有過敏。這個應該馬上就問清楚才對。」

「對喔……」

「順帶一提，我沒有對食物過敏。」

單論過敏的話，對塵蟎之類的室內塵埃是有一點，不過和現在的話題完全無關，用不著提起吧。

況且陽葵平常打掃也很細心。

「我也沒有。」

「這樣啊，那就好。那有特別討厭吃什麼？」

「我——對小黃瓜不太行。小時候在店裡買的三明治裡頭夾的小黃瓜，呃，好像有點壞掉……我原本期待的是清脆的口感，咬下去卻軟軟的。之後突然覺得很噁心，現在一想到就吃不下去……」

「嗚哇……」

悲慘的往事讓我和奏音不由得皺起眉頭。

當時還只是個小女孩的陽葵一隻手拿著三明治，深受打擊的模樣清晰地浮現腦海。

「我大多數的東西都能吃——只有牡蠣完全不行。哎，現在時節也不對，而且牡蠣很貴應該不會特地煮來吃，但還是先說一聲。」

「啊，我也是。我也討厭牡蠣。」

發現了與奏音意外的共通點。

「光是長相就很醜。」

「我懂，口感也是。」

「超同意。很噁心。」

「而且有種海的味道，很受不了。」

「就是說啊，要加進味噌湯的話，蛤蠣倒是還能接受～～」

「就是這樣。牡蠣又不像蛤蠣那麼小，味道會直接竄到鼻腔。」

我們你一言我一語地批評牡蠣。

看到我們的反應，陽葵嘻嘻笑了起來。

「怎、怎麼了……？」

「啊，不好意思。大概因為兩位是表兄妹，聊得起勁的時候，表情感覺很像。」

「啥——？」

奏音不知為何紅了臉，之後便不再說話。

我和奏音有相似之處……？

雖然我覺得她是全然未知的存在，但是聽陽葵這麼一說，突然萌生了親近感。

同時我發現聽陽葵說我和奏音很像，我沒有任何反感。

至於奏音的感想就不得而知了。

第8話 休息時間與女高中生

某個假日——

吃了早餐，我們做完打掃等家事，在客廳的沙發上休息。

這時，奏音緩緩站起身。

「我要泡紅茶，你們兩個要喝嗎？」

對了，廚房裡不知不覺多了紅茶的茶包。

大概是奏音買回來的吧。

因為我自己會買的只有水和發泡酒，這方面的飲料我說過可以自己買喜歡的來喝。

奏音平常也會泡麥茶放進冰箱冷藏，不過今天剛泡的還擺在桌上等待自然冷卻。

「也是，給我一杯吧。」

「啊，我來燒開水。」

陽葵這麼說著，跟著站起身。

「這點小事我來就好。」

「不能老是讓小奏忙進忙出。」

「好了好了，妳們兩個。今天是假日，這次就由我來，妳們坐著就好。」

奏音和陽葵兩人對看了一眼——

「那就交給你了。」

「拜託你了！」

兩人默契十足地同時坐回沙發上。

……該怎麼說，有種搞笑藝人完美地被整的感覺……

不過，只是燒開水罷了，沒什麼關係。

先把燒水壺放到瓦斯爐上，再將紅茶茶包放到茶杯裡預備。

像這樣準備泡紅茶，以及為別人準備飲料，都是第一次的體驗。

照理來說，這種事打從第一天就應該由我來做吧……

因為我是個從來沒招待過客人來家裡的獨居男性，這方面請網開一面。

不久後，燒水壺的壺嘴開始噴出蒸氣。

我立刻關掉瓦斯爐，將熱水注入杯中。

這瞬間，紅茶的芳香倏地竄過鼻腔。

我很少喝紅茶，但這香氣我滿喜歡的。

有種和咖啡不同的芬芳。

「對了，妳們要加糖嗎～～？」

我對著客廳喊道。

奏音也買了方糖和奶精球。

「請幫我加一顆方糖和一點鮮奶～～」

嗯。原來陽葵喜歡加鮮奶。

「我……要、要四顆方糖和奶精……！」

奏音有些害臊地回答。

「放四顆不嫌太甜嗎？」

「我就是喜歡甜一點！」

看她惱羞成怒的反應，本人似乎也知道這個量很多。

說起來，加這麼多方糖有辦法全部溶化嗎？

杯底不會堆積一層糖嗎？

而且有可能得糖尿病吧……？雖然我這麼想，但也不是每天都這樣喝，應該沒關係吧。

不過，奏音的味覺還滿孩子氣的。

她每天為我們做的料理明明就完全沒有這種傾向啊。

發現奏音出乎意料的一面，我不由得微笑。

我們坐在沙發上，各自喝著紅茶。

電視上正播放旅遊節目，採訪當地有口碑的可麗餅店家。

這只是湊巧，味覺與視覺同時得到滿足，讓我有些開心。

順帶一提，我的紅茶沒加糖或奶精。

「對了——我有件事想向陽葵問清楚，或者該說先提醒妳……」

我突然想起某件事。

「是的。請問是什麼事？」

陽葵歪過頭。

我遲疑了短短一瞬間。

因為我這時才想到——這個話題可能要挑奏音不在場的時候說比較好。

不過，現在這氣氛也無法停下來了。

我下定決心，開口說道：

「那個，我記得妳之前提過，妳從同人誌學到不少事情，所以那個……」

不行。

我有盡可能避免太露骨地戳破真相，但話語卻變得曖昧模糊。

如果她看的是未滿十八歲不得閱讀的書籍，我身為大人應該提醒她一下——

儘管如此，要當面問清楚，我的心裡還是有所抗拒。

陽葵短暫思考後，面露笑容。

「是的！其實有位我非常喜歡的繪師有發行同人誌，我從國中時就一直在追那位老師的作品！」

陽葵情緒高昂地回答。

喜歡是無所謂，問題在於內容。

「是、是這樣喔。順便問一下，內容是……？」

「幾乎都是全年齡的搞笑作品。我真的很喜歡她的搞笑品味……不過她偶爾也會走認真路線或是畫悲傷的故事，這種反差也是其中一個令我尊敬的地方——呃，駒村先生怎麼了？好像在發呆耶。」

「啊，沒事……只是覺得妳真的很喜歡啊。」

「是的！」

看到陽葵臉上燦爛的笑容，難以言喻的罪惡感湧向我。

該不會我對所謂的「同人誌」懷有相當大的誤會……？

呃，可是在我心中，所謂的同人誌指的就是在FA〇ZA下載後閱讀的作品……

總之單純聽陽葵所說，她應該沒有從同人誌學到一些可疑扭曲的觀念。

因為先前的緊張，讓我頓時鬆了口氣。

雖然我反而因此好奇她之前提到的「離家出走的同人誌」的內容，但這部分就刻意不追問吧。

光聽陽葵所說，那應該是搞笑作品。嗯。

為了讓情緒鎮定下來，我啜飲一口紅茶。

…………嗯。

紅茶非常適合當下這種心境。

純紅茶的苦味似乎能讓大腦清醒。

我啜飲紅茶直到喝完，這時與一旁的奏音對上視線。

她的臉上寫著「完全搞不懂陽葵在講什麼」。

我想她永遠搞不懂也許比較好。

世界上有些事情用不著知道。

為了終結這個話題，我將視線轉向電視。

第9話 名字與女高中生

在那之後風平浪靜地度過了好幾天。

奏音負責做飯，陽葵負責洗衣和打掃，而我去採買生活用品。

買食材所需的費用，我已經事先交給奏音。

因為奏音每次都會把收據交給我，對此我並不擔心。

唯一比較大的變化在於終於能看見陽葵筆下的繪圖作品。

之前她總是說「畫到一半的畫被人看見會很難為情」，因此故意調整筆記型電腦的角度，讓我們無法看到。

第一次看到陽葵畫的作品——身為門外漢的我只能說「很棒」。

細緻精密的背景，明亮溫柔的色彩。

以及讓人不由得想觸碰肌膚的女性人物。

和油畫不同，也不像漫畫。

我對插畫的種類所知甚淺，不知道這應該被分類為哪種「派系」。

我和奏音大概只是連連說著「好棒」。

可見陽葵的插畫帶給我們多麼新鮮的衝擊。

陽葵那害臊卻也欣喜的臉龐令我印象十分深刻。

一如往常結束工作，回家的途中。

智慧型手機突然響了。

看向螢幕，來電者是奏音。

怎麼了？

這還是奏音第一次打電話給我。

我立刻接起電話。

「怎麼了？發生什麼事了嗎？」

『我現在，在車站前的超市買東西——』

嘟——

話才說到一半，電話突然斷了。

…………咦？

大概是不小心按到結束通話的按鈕吧？

我有些在意，二話不說就直接打電話給她。

但是——

『您所撥的號碼因為用戶的問題而無法接通。』

傳來的是欠缺抑揚的語音通知。

怎麼回事？我的號碼被她封鎖了？

不過，剛才是奏音主動打電話給我，這樣說不過去。

就最近奏音對我的態度來想，她應該不會做這類惡作劇。

她可能會再打過來，為防萬一，我等了一段時間，但一直等不到她打來。

——該不會她發生了什麼意外？

不安帶來的寒意急遽往全身擴散。

到底是什麼？怎麼了？發生了什麼事？

……記得她剛才說她在車站前的超市買東西。

我沒辦法再等下去，握緊了智慧型手機，邁開腳步衝了出去。

來到車站前的超市，奏音就站在店門外，手提著兩個購物袋。

當我看到奏音的身影，那瞬間放心與不安頓時交替，讓我差點真的虛脫。

奏音注意到我跑向店門口的身影，圓亮的眼睛睜得更大了。

「怎、怎麼了嗎？這麼慌張。」

「沒有啦，因為電話突然斷掉，重撥也打不通，我想說妳該不會發生了什麼事——」

我在急促的呼吸間如此回答。因為剛才全力衝刺，現在相當難受。

大概發揮了更勝之前想甩開陽葵那時的速度。

「啊～～抱歉。我的手機好像剛好在那個時間點被斷了，似乎是手機通話費沒付。」

「什麼跟什麼……這樣對心臟很不好耶。」

原來那個語音是在對方的通話費遲繳時播放啊。

我第一次聽到，所以一頭霧水。

「總之，妳沒事真是太好了。」

「你很擔心我喔……」

看到奏音一副覺得意外的表情，我有些生氣。

不知道奏音到底把我當成什麼了。好歹我也有一顆懂得擔心表妹安危的心。

「這不是廢話嗎？」

「啊……抱歉……」

「哎，反正妳人沒事，就不追究了。話說，妳原本打電話想說什麼？」

「啊，那個～～只是想問可不可以買些零食。你想想，陽葵中午沒辦法吃夠飽，只吃飯糰和做便當剩下的菜，我想應該會餓吧。」

「唔……」

聽她這麼說，倒也沒錯。

為了避免陽葵的存在曝光，禁止在白天使用抽風機，因此沒辦法讓她吃到要用火加熱的料理。

要是有電熱水壺，好歹能吃泡麵果腹，可惜我家裡沒有。

「所以我自作主張買好了。」

「妳買了喔？」

呃，我也沒打算拒絕，無所謂就是了。

「因為電話那樣斷掉，我就想說到店外頭等比較好。東西都已經放到購物籃裡了，要是放回架上大概會被店裡的人懷疑，既然這樣，乾脆快點結帳出來等你。」

「懂了懂了。然後呢？妳買了什麼？」

「呃～～布丁、巧克力、爆米花和洋芋片，還有派跟餅乾跟——」

「等等，會不會太多了？」

「可、可是你想，多買一些放在家裡，陽葵也比較方便吧。」

「嘴上這樣說，實際上只是妳自己想吃吧？」

「唔——才、才不是那樣。」

「欸，妳太好懂了。」

不過，應該不至於一天就吃完，無妨吧。

……應該不會一天吃完吧？

一抹不安掠過心頭。

「總之，這個量應該能撐一星期——」

「咦？差不多兩天，頂多三天吧？」

「咦？」

「咦？」

我們兩個頓時愣住。

這麼多零食，只要兩天——

我看向奏音的臉，她看起來不像在開玩笑。

「……該不會妳……其實很能吃……？」

「才、才沒有呢！我這段時間做的晚餐量明明就很一般吧？」

「是這樣沒錯，我只是想說也許妳一直在忍耐？」

「我沒有啊。雖然我在吃到飽餐廳大概能吃平常的三倍，但是吃平常的量也能滿足，不會覺得吃不飽……」

「平常的三倍。」

我對她說出口的數字感到吃驚，不由得複誦。

奏音發出「啊～～」的聲音，低下通紅的臉。

這應該是不小心說出實話的反應吧。

原來是這樣……其實奏音很能吃啊。

對喔，來我家的第一天，她的肚子也叫得很響亮。

我頓時有個念頭，想讓奏音吃到盡興。

哎，這就等之後有機會再說吧。我硬是將奏音手中的購物袋搶過來。

「咦──」

「這點東西我來提。好，回家了。」

「啊、嗯。」

奏音跟在我身後。

「對了，妳應該有買給我吃的零食吧？」

「啊——」

「這個『啊』是什麼意思？」

「沒有啦，開玩笑的。我有記得買一些。嗯，有一些……」

「妳的講法讓我很在意。」

回家路上，我與背後的奏音就這樣閒話家常。

我覺得這是第一次和奏音說這麼多話。

晚餐時，我用筷子戳著醬煮鯖魚，開口提起：

「那麼，接下來的問題是怎麼處理奏音的智慧型手機啊，不過——」

「繳費單大概寄到我家了。明天放假，我回家看看。」

「那我可以跟去嗎？」

「咦——為什麼？」

奏音眉頭深鎖，停下筷子。

「不要擺出這麼反感的表情嘛……立刻繳錢不是比較好嗎？」

「可是……連手機費都讓你來繳實在是——」

「不要在莫名其妙的地方客氣啦。現在這個時代，女高中生沒有智慧型手機，和朋友間的交流也很麻煩吧？而且說不定阿姨會聯絡妳啊……」

特別是對年輕女生而言，智慧型手機已經不只是拿來聯絡用，而是維繫人際關係的必備品了。

雖然奏音不曾提起她的學校生活或朋友等話題，但是時常看到她一邊看電視劇一邊用社群網站與朋友交流。

如果失去智慧型手機，奏音也會很難受吧。

而且，阿姨最可能聯絡的對象終究不會是我家而是奏音吧。

「哎，是這樣沒錯啦……可是真的可以嗎？」

「可以就是可以，不要讓我講好幾次。」

老實說，如果要每個月一直持續下去，也許會有點吃緊。

不過考慮到奏音還未成年，這筆錢也不能省吧。

等發現阿姨的行蹤之後再找機會跟她收好了。

「就這樣，明天我會去奏音家一趟——」

我看了陽葵一眼。

「啊，我會好好看家。再一點時間就能完成第一幅畫，也得快點找到打工……」

「這樣啊。」

白天我們不在的時候，陽葵一直在作畫。

她有讓我們看過一次，但似乎還是會覺得害臊。

晚上則是一直盯著電腦螢幕，瀏覽打工資訊。

不過似乎很難找到符合條件的打工。

「那就等吃完午餐後出發吧。我家也沒那麼遠，傍晚前應該就會回來。」

「嗯，我知道了。我就照平常那樣，先洗衣服和打掃喔。」

「不好意思，麻煩了。」

於是明天的行程就這麼敲定了。

※　※　※

和輝與奏音出門後，陽葵馬上開始打掃室內。

平常只是用布拖把大概擦過，但今天是可以用吸塵器的日子。

週末發出聲音也不會讓陽葵的存在引人懷疑。

手拿著無線吸塵器，移動到廚房的瞬間——

嘟嚕嚕嚕嚕。家中的電話響了。

「咿！」

電話的聲音嚇到陽葵，她不禁輕聲驚叫。

她緊張兮兮地靠近不停響著的電話。

和輝告訴她不要接電話，因此她沒有觸碰話筒的念頭。

但是不停響著的電話讓她心生不安，不由得走上前去。

畫面顯示「公共電話」。

在這個時代，還有人會打公共電話啊——

她覺得稀奇的同時，很少看到的陌生字眼也讓她覺得詭異。

來電錄音的訊息響起後，鈴聲戛然而止。

「是誰打來的呢？是打錯電話嗎……」

陽葵細語呢喃後，回到廚房。

※　※　※

這是我第一次到奏音家。

當然，我也不知道奏音家在哪裡。

我只是跟在奏音後頭。

從未搭過的路線，從未去過的場所。

無論幾歲，前往沒去過的地方都會讓心情雀躍。

坐在搖晃的車廂中大約三十分鐘。

在一個就星期六而言人潮很少的車站下車。

之後，我們在寧靜的住宅區走了大概十分鐘──

最後在前方帶路的奏音轉頭看向我。

「到了。這裡就是我家。」

我仰望眼前的建築物。

那是一棟兩層樓高的白色公寓。從外觀看來，至少有三十年的歷史吧。

奏音馬上看向裝設於牆面的信箱內。

信箱一共有八個，每個都有幾張傳單自信箱口探出頭。看來郵差應該才剛來過。

奏音將信箱中的內容物全部取出。

「有了，就是這個。這些你先拿著。」

奏音取出一封信件，將其他傳單全部塞給我。

隨後她粗魯地撕開催繳單。

「嗯。繳費期限果然已經過了。」

「話說，行動這麼快就會被停話嗎？」

現在才問有點晚了，不過因為單純的疑問湧上心頭，我便姑且一問。

我的手機沒被停話過，這方面的問題我也不太清楚。

我已經設定從銀行戶頭自動繳費，每個月也都固定會存一點錢，因此從來沒有陷入戶頭裡沒錢的事態。

「嗯～～……進家裡看看好了。」

奏音沒有回答我的疑問，露出有些傷腦筋的表情如此催促。

也對，畢竟扯上錢的事，沒必要在這種地方談。

話說，我有個很無所謂的發現。換成智慧型手機之後還是會脫口說出「行動」，現在年輕一輩的人都是怎麼稱呼的？

奏音只要從前後文判斷也能知道那是行動電話的簡稱，不過現在也沒人會說智慧型行動電話吧……

哎，真的很無所謂就是了。

奏音轉動鑰匙，一打開大門，獨特的氣味便從室內迎面飄來。

「嗚哇！感覺都是榻榻米的味道！」

聞到這味道，最驚訝的是奏音。

長期持續家裡沒人的狀態後，自然的氣味就會特別強烈嗎？

一進玄關就是木頭地板的廚房，擺著兩人用的餐桌和椅子。

裡頭是一間較寬敞的和室。

就室內格局來看，大概是一房一廳的公寓吧。

奏音把包包擺在椅子上，走進後方的和室。

我先把剛才她塞給我的傳單擺在桌上，在這裡等。

奏音不久後回來，打開擺在廚房的小餐具櫃的抽屜，緊接著又關上。

她的眉心微蹙。

「怎麼了？」

「不知道為什麼……感覺怪怪的。該說是氣氛嗎？不太對勁。」

「是不是有阿姨回來的痕跡？」

「沒有，我想應該……不是這樣。我剛才大概看了一下房間，也沒有少什麼東西。」

當奏音轉頭掃視房內，我也跟著看向同一個方向。

但是理所當然地，我看不出任何不對勁的地方。

「……鬼？」

「喂、喂！不要講奇怪的話啦！我家又沒有！」

奏音異常害怕。

哎，也許這句話確實不該說。

萬一真的現身，那可不是鬧著玩的。

「開玩笑的啦。對了，剛才通話費的事才講到一半——」

「啊，嗯……之前我媽媽每個月都會拿繳費單繳費，所以繳費單應該在我媽媽手上。剛才我看了一下，平常會擺的地方也找不到，但是我的手機卻被停話，就表示——」

「阿姨她沒有繳費，一直放著不管？」

「應該就是這樣。不曉得是不小心搞丟了，或者是忘記了。」

既然是每個月都會做的事，繳通話費應該已經變成習慣了。

明明是習慣，有這麼容易忘掉嗎？

「順便問一下，阿姨的手機——」

「從人不見的那一天就打不通了。我每天都會撥電話試試看，但一直都打不通，傳訊息也從來沒變成已讀。」

「這樣啊……」

直到這時我才發現關於阿姨失蹤這件事，我從來沒和奏音聊過。

而且，這也是我第一次和奏音兩人獨處這麼長的時間。

自從那一天，我原本會和她兩人一起生活——

「那個……阿姨離家之前有什麼前兆，或者是不對勁的地方嗎——」

我下定決心開口問道。

我覺得就這樣一直迴避也不是辦法。

「完全沒有。也許有——但是我沒有注意到。就像平常那樣吃早餐後去上班，然後我去上學。之後媽媽就一直沒有回來。」

奏音坐在椅子上，凝視著半空，語氣平淡地說著。

「大概是交到新的男朋友了吧？媽媽從以前就過得很自由，常常冒出那種動靜然後又消失。待在家裡的時間也不長，回家像是只為了睡覺。」

刻意屏除感情般的描述反而讓我感到痛心。

「但是，我從來沒有覺得不幸福，也從來不覺得缺錢，還像這樣讓我有智慧型手機能用。但是，媽媽一定也因此忍耐了很多事吧……」

說到這裡，奏音的話語頓時中斷。

我突然發現她的眼角浮現了細微的水珠。

奏音………

「一聲不吭就不回家，對這件事我是很生氣沒錯……但是，我就是沒辦法討厭媽媽……她可是買了豪華布丁回家，比我還興奮的那種人喔。」

話語因為哽咽而顫抖，但奏音還是對我擺出笑容。

寂靜的沉默充斥在我們之間。

我什麼也說不出口，腦海中找不到該對她說些什麼。

這是當然的。我對於阿姨和奏音的生活一無所知。

不管我說什麼，只會是毫無根據的單薄言詞。

但是——

不知不覺間，我已經把手掌擺在奏音頭上。

我也不知道自己為何這麼做。

只是一股衝動強烈地驅動自己。

「喂、喂！你幹嘛！不要把我當小孩子啦！」

儘管奏音抗議，我也沒有挪開手。

「……是小孩子啊。」

「咦——」

「妳還是個小孩子，還沒成年。」

「這種事，我當然知道——」

「妳能忍耐到現在，真了不起。妳一定很難過吧？」

奏音睜大了眼睛。

不久，那雙眼眸漸漸泛起水光——

淚光凝聚為豆大的水滴，滑過臉頰。

「啊………唔………」

奏音想忍著撲向自己的激動情緒。

她咬著嘴唇，肩膀顫抖。

到了這地步，還想繼續忍耐嗎——

有種胸腔被緊緊勒住似的痛楚。

所以我用眼神告訴她：

「用不著忍耐。」

奏音直盯著我的眼睛，儘管如此，她還是想忍耐——

最後，終於潰堤了。

有如水庫洩洪般。

「嗚……唔……嗚嗚……」

淚水止不住地自奏音的雙眼流下。

奏音低下頭，抵在我的胸口。

「對──對不……我……只要──只要一下下……就好……」

奏音抽抽噎噎地說道。

我輕輕拍了拍奏音的頭，默默表示同意。

然後，奏音就這樣繼續哭泣。

彷彿要將一直以來不斷累積在心裡的情感全部發洩出來。

我幫不上什麼忙。

除了輕撫她的頭以外無能為力。

奏音哭了好半晌，之後走進盥洗室洗臉。

不久，手拿著毛巾的奏音回來，情緒已經平復。

「我哭過這件事，不要告訴陽葵喔……」

她瞪著我這麼說，但因為眼眶依然泛紅，一點魄力也沒有。

「我當然不會說。」

「那就好……」

奏音大概以為我抓住了她的把柄吧？

但是她置身這種處境，就算日後她惹我生氣，我也絕對不會用今天這件事來威脅她。

「差不多該回去了。」

看向時鐘，已經超過下午三點。

陽葵還在家裡等著。買好東西趕緊回家吧。

奏音紅紅的眼眶在半路就會恢復吧。

「嗯。而且有告訴陽葵，傍晚前會回去……」

「啊，總之催繳單先放在我這邊吧。」

「可是期限已經過了。」

「就算過了，還是有可能可以拿催繳單補繳。姑且試試，不行的話再去通訊行就好。」

奏音畏畏縮縮地將催繳單交給我。

「得去一趟便利商店。到時候就順便買晚餐吧。」

「那個……謝謝你，和哥……」

「咦——」

我不由得愣住了。

因為自從奏音來到我家，她從來沒有喊過我的名字。

「………妳突然是怎麼了？」

「那個，只是突然回想起小時候好像是這樣叫你的。」

「啊～～……好像是這樣。」

我想起奏音來到我老家時的模糊記憶。

那時候奏音應該還是國小低年級吧？好像跟我和弟弟一起打電動？

大概真的很開心，好幾次催促：「再一次。再玩一次嘛，和哥。」那時的奏音很可愛。

更正，現在也有可愛之處啦。

「總、總之陽葵還在等，我們快點走吧。」

大概是想掩飾害臊，奏音沒正眼看我，逕自走向玄關。

我不禁苦笑，跟在她後頭。

「和哥你啊……」

順道去便利商店的途中，奏音突然叫我的名字。

剛才去奏音家的路上，她一直走在前頭帶路，現在她則是走在我身旁。

「怎麼了？」

「感覺比以前大了一點點喔。我是說——你的肚子。」

「不用妳說我也知道。」

「胸部以上看起來明明就好端端的。這就叫啤酒肚？」

「呃，也不是啤酒，是發泡酒……」

唉，對奏音來說大概大同小異吧。

不過味道就是不一樣啊～

如果價格便宜到買起來更沒負擔就好了。不過年年都在漲價，完全沒有要降價的跡象。

可惡，都是酒稅的錯。

此外，我的小腹會漸漸微凸，主要原因大概不是發泡酒，而是下酒菜。

畢竟就是在睡前吃東西嘛。

嗯，我也知道對身體不好。雖然知道，如果能輕易戒掉就不至於發福了吧。

「以前明明就比較瘦。」

「以前吃的量比現在多，不過都透過運動消耗掉了。」

「哦～你有做過什麼運動嗎？」

「柔道。」

「好意外——又好像不會。感覺好像滿符合印象的，但是又好像哪邊不太對勁……」

什麼跟什麼。

妳擺出這種反應，我也不知道該怎麼回答……

自從不再運動，肌肉一口氣就轉變為脂肪，我才是最為此驚訝的人。

「順便問一下，和哥不打算再運動了嗎？」

「幹嘛？要我減肥？」

「嗯～～該怎麼說呢，覺得有點可惜。」

「…………什麼意思啊？」

「嗯——祕密。」

拋下這句話，奏音輕快地往前跑了起來。

「喂，不要跑啦。我已經不年輕了耶！」

我連忙追在她身後，但遲遲無法追上。

在奔跑的同時，我回憶起往昔。

學生時代，練柔道的我可是認真的。

…………曾經認真過。

「我回來了～～」

「啊，歡迎回來。」

回到家，陽葵從我的房間現身。

陽葵依舊穿著睡衣，沒有換上便服，完全是假日模式。

哎，雖然陽葵看起來每天都像假日。

因為她平常總是會正常換衣服，今天大概是心情比較放鬆吧。

「晚了一點才回來，不好意思。」

「不會，沒關係。所以，奏音的手機——」

「我已經去付錢了，應該很快就能恢復通話。」

「這樣啊，太好了……」

陽葵看起來發自內心鬆了口氣。會為別人擔心，果然是個好孩子。

「去便利商店的時候順便買了便當和甜點喔。陽葵的晚餐是肉醬焗飯，這是奏音選的，別找我抱怨。」

「哪有，甜點是和哥選的吧。」

「有什麼關係？我就喜歡這個啊。『鮮奶油加量的起司蛋糕』。最近新出的甜點中，就這個特別好吃。」

雖然我滿喜歡吃甜點，但是要進蛋糕店還是有些心理障礙。

不過，便利商店的話就能輕鬆購買，令人慶幸。

我猜和我一樣喜歡吃甜點的男性其實不少。

「光看名稱就是卡路里的暴力耶，而且尺寸還滿大的。」

「啊哈哈……不過我也喜歡起司蛋糕，很開心喔。」

「喔，太好了。那就快點吃吧。」

於是我從袋子裡取出了三人份的便當和甜點。

※　※　※

陽葵注視著電腦螢幕，全身一動也不動。

握著觸控筆的手在數十秒的時間內文風不動。

而她的眼睛雖然盯著螢幕，畫面卻並未映入眼中。

現在在她眼中的是不久前的光景——

自從和輝和奏音回到家，陽葵的心情一直難以平靜。

原因在於奏音口中的那個詞。

「和哥」。

以前她明明沒有直接用名字稱呼和輝，現在卻突然直呼名字。

很容易就能想像在奏音家肯定發生了一些事。

但是陽葵無法開口詢問。

兩人是表兄妹。

身為局外人的自己當然沒有勇氣多加過問。

沒錯，兩人有血緣關係。

陽葵頓時被一陣無從排解的孤獨感包圍。

這兩人之間存在著自己無法加入的羈絆——

這種事不用想也知道。

自己應該早就該理解。

然而自己一直視而不見。

這下子終於被迫正視現實罷了——

「——！」

陽葵甩了甩頭。

不可以去想。

現在自己非做不可的是完成參加比賽的作品。

陽葵在這裡的理由，是為了無法放棄的夢想。

自由選題的那幅畫完成了，但是比賽指定題材的畫還沒完成。

所以——

陽葵鞭策自己的手動作。

但她辦不到。

腦海中充斥著兩人的身影。

受到成年男性出手搭救，讓她有股難以言喻的悸動。

眼鏡鏡片很厚，而且肚子微微突出，外表看起來也許不怎麼帥氣。

但是和輝是個非常溫柔的人。

光是這個理由就足以讓陽葵傾心。

同時陽葵也喜歡奏音。

陽光開朗，而且對陽葵的畫不抱持偏見，正常與她往來。

況且當初因為有奏音幫陽葵說話，陽葵才能繼續待在這個家。

所以陽葵也很感謝奏音，無法對她抱持負面的感情。

儘管如此——

陽葵明明如此喜愛這兩人。

她現在覺得胸口很難受。

不由得認為會有這種感情的自己非常醜陋。

※　※　※

第10話 員工餐廳與我

我們公司一到十二點，就會播放鈴聲告知午休時間。

我稍微整理過自己的桌面後，和磯部一同前往員工餐廳。

奏音會做自己的便當帶去學校，但我沒有拜託她連我的份都做。

因為如果帶便當來公司，磯部肯定會大呼小叫：「有女朋友了喔！」其他同事也會開始對我問東問西。

只有這件事絕對要避免——這個想法從來沒變過。

有關奏音與陽葵的一切，我不希望有任何人注意到她們的存在。

因此自從奏音與陽葵住進來之後，我中午的員工餐廳生活仍然照舊。

位於地下樓層的員工餐廳中，擠滿了脖子上掛著員工證的人。

「嗯～～？今天是不是人特別多？」

磯部掃視餐廳，有些不愉快地呢喃。

確實人數應該比平常多。

平常總是找得到空座位，但是照現在這樣似乎很快就會客滿。

「我先去占位子。錢在這裡，幫我點個咖哩套餐。」

「知道了。」

我到自動販賣機買自己和磯部的餐券後，排到櫃台前的隊伍後方。

今天我選了炸雞排當主菜的午間套餐B。

午間套餐的價格和分量都剛好，最近我時常點這個。

此外能免費加飯也是額外加分要素。

不久後我自櫃台接過料理，開始尋找磯部的身影。

磯部正在邊緣處的座位，對我舉起手。

「喂～～這邊這邊。」

為了不讓手中的餐盤掉落，我慎重地走向他。

唯獨這瞬間，我覺得我成為了餐飲店的店員。

「謝啦——啊，都忘記了。我去拿水來。」

我一到座位上，磯部像是與我交替般離開座位。

畢竟我剛才實在沒辦法再多拿水來。

磯部拿著兩杯自助的白開水回到座位上，我們終於開始享用各自的午餐。

嗯。裹著雞排肉的酥脆表皮口感真是太棒了。

而且肉也滿軟的。

「對了，你最近比較少點咖哩套餐喔？」

磯部這麼問，一邊將咖哩飯迅速地一匙接一匙塞進口中，好像感覺不到燙與辣。

「聽你這麼一說，好像真的是這樣。」

「就是這樣啊。不久前你明明把咖哩當成飲料一樣在灌啊。」

「有這麼誇張？」

哎，仔細一想，我確實有一段時期完全沒有動腦，只點咖哩。

因為本來就好吃，而且可以拿來充當漢堡排的醬料，讓我特別中意。

不過，最近刻意不點咖哩也是事實。

其實奏音做的咖哩實在太合我的胃口，員工餐廳的咖哩無法滿足我了。

那不是餐廳那種香料味濃烈的咖哩，而是以市售的咖哩塊製成的，百分之百的「家庭料理式咖哩」，但是不知為何口味相當濃郁，好吃到教人想多來幾份。

此外，想避免弄髒白襯衫也是一個原因。不想給負責洗衣的陽葵添增多餘的麻煩——也有這樣的想法。

因為同樣的理由，我最近也沒點咖哩烏龍麵。

「還有喔～～你最近襯衫都不會皺巴巴的喔。」

「這個嘛，哎……因為之前太懶散了，覺得要多注意儀容……」

「哦～～？」

他的表情看起來並未接受。

雖然我為了不讓他看穿我的緊張而強裝鎮定，也許還是沒有完全藏住。

實際上，白襯衫是陽葵幫我燙的。

獨自生活時，熨斗一直收在衣櫃深處。

當我還是新進員工時，也是每天都會努力熨平襯衫，但是漸漸地覺得很麻煩，就再也不燙了。

不過，原來與兩人生活為我的儀容與習慣帶來這麼多的變化……

為了避免兩人的存在曝光，我得更加小心才行。

與磯部的對話讓我重新提高警覺。

「啊，磯部先生和駒村先生，辛苦了。」

這時，長相有點印象的女性員工手拿著便當盒，對我們說道。

「喔～～辛苦了。」

「辛苦了。」

我們同時簡單打招呼。

「請問我可以坐旁邊嗎?沒有其他空位了。」

「請坐請坐。」

磯部態度輕鬆,邀請對方坐在自己旁邊。

她是業務部的員工,時常送收據到會計部來。

清爽的短髮令人印象深刻。

名字——叫什麼來著?

我連忙瞄向她胸前的名牌,上頭寫著「佐千原」。

啊~~對了,佐千原小姐。

最近越來越記不住別人的名字了啊。這也是老化的緣故嗎?

雖然不知道她的年齡,但是應該比我年輕吧。

佐千原小姐打開自己帶來的便當盒,同時連連瞄向我。

怎麼了?難道我嘴角沾著飯粒嗎?

我不由得把手伸向自己的下巴時,佐千原小姐開口說道:

「駒村先生最近——是不是稍微瘦了?」

「嗯?咦?」

未曾預料的問題讓我一時之間不知如何回答。

磯部狐疑地直盯著我。

別這樣。不要這樣注視我啦。

「啊～～……？嗯，真的耶。恰巧我也有這種感覺。」

「拜託，你絕對沒看出來吧。」

你只是配合人家鬼扯吧，太明顯了啦，磯部。

佐千原小姐看著我們之間的互動，嘻嘻輕笑後繼續說道：

「感覺您下巴周遭比上次見面時縮了一些，您有在運動嗎？」

「沒有啊，我沒有特別運動——」

明明每天都照鏡子，但我自己完全沒感覺。

我比之前瘦了嗎……

該不會是奏音的料理影響？

之前老是吃便利商店的便當或現成小菜，相較之下現在營養應該比較均衡。

話說最近都沒有站上體重計。今天回家就久違地測量看看吧。

「駒村——你……」

磯部不知為何直瞪著我。

「怎、怎樣啊？」

「我看你果真交到女友了吧？是吧？」

「沒有，真的沒有。」

「咦～～真的嗎？欸，佐千原小姐，有點可疑對吧？」

「啊、啊哈哈……」

不要突然把話題拋給佐千原小姐啦。

她對平常的我一無所知，你看她都不知該怎麼接話了。

在這之後磯部仍然對我投以懷疑的目光，但我專心吃午間套餐，藉此逃避追問。

「啊，你回來了，和哥。」

「歡迎回來！」

下班回到家，兩人一同來到玄關迎接我。

「我回來了。」

我對兩人如此答道，走進玄關。

不久前要說「我回來了」還覺得有些害臊，但我驀然發現這句話自然而然脫口而出。

這代表當下的生活對我來說已經成為「理所當然」了吧？

似乎有一股細微的危機感自心底深處掠過，但是醬煮魚的香氣從廚房飄來，讓我立刻就忘記了那般情緒。

第11話　打工與女高中生

在那之後又和平地度過了幾天——

「駒村先生！駒村先生！」

某天傍晚。

我一回到家，陽葵就從我房間衝到玄關。

「哦？怎麼了？妳好像很開心。」

我這麼說，陽葵露出滿臉的笑容，如此回答：

「是的！錄用了！我終於找到打工了！」

「喔喔——！」

我們的生活又出現了小小的變化。

在這一星期之前——

我和奏音守候著專心書寫履歷表的陽葵。

陽葵還未成年，因此要打工就需要監護人的許可。

所以在監護人的名字與蓋章處寫上了我的名字。

同時陽葵在履歷表上填了我的姓氏。

要幫忙在履歷表上撒謊雖然讓我良心不安，但如果寫了陽葵的本名而留下線索，那就本末倒置了。

順帶一提，奏音輕描淡寫地想問出陽葵的本名，但是陽葵委婉地閃躲。

果然她還不願意表明。

學校名則寫了奏音的學校。

「我們學校沒有禁止打工，所以店裡不可能會特地聯絡學校～我朋友也大大方方在打工。」奏音如是說。

聽她這麼說，陽葵和我都放心了。

陽葵去面試時，奏音還把制服借她穿，簡直不遺餘力。

但是奏音的制服穿在陽葵身上稍嫌尺寸太小，聽說裙襬顯得很短。

此外，陽葵還說她為防萬一，事先對店家告知「目前有些理由，不太常上學」。據她所說，是因為萬一有人問她校園生活時會傷腦筋。

既然以這樣的條件通過面試了，表示對方看上了陽葵的其他要素吧。

確實陽葵對人態度親切有禮，而且也擁有對我說「讓我住一晚」的膽量。

此外容貌也相當可愛，可以猜想負責面試的人對她的印象應該不錯。

總而言之，對陽葵算是一次進步。

不過對我而言，有些五味雜陳。

陽葵開始外出，就表示她的行蹤曝光的危險性更加提升。

但是，我也明白陽葵心中「想盡可能給我一些錢」的想法相當強烈，因此實在無法強迫她放棄。

「話說妳找到什麼工作？」

奏音充滿興趣地問道。

這部分我也還沒問過她，我也想知道。

「是女僕咖啡廳。」

「啊～～好像有聽過。」

「我想那種地方我爸媽應該不會去找……他們非常討厭漫畫或動畫之類……可能甚至不曉得有那種咖啡廳吧？」

「原來如此……」

一知道是服務業讓我有些不安，但陽葵似乎也有她的考量。

我雖然知道有女僕咖啡廳，但我從來沒去過，因此不知道是何種場所。難以接納次文化的老一輩的人就更是如此吧。

「就是這樣，我從明天就會開始努力！」

「拜託一定要小心喔……」

「好，我會多注意。我自己也不希望連比賽都還沒參加就必須離開這裡。」

陽葵淺淺一笑，如此回答我的叮嚀，但眼神充滿了意志的光芒。

隔天傍晚——

比我到家還晚一點，陽葵筋疲力盡地回來了。

「我回來了……」

「陽、陽葵！妳沒事吧！」

奏音比我先衝到玄關。

果然奏音也很擔心啊。

「嗯，我沒事……只是很久沒和小奏跟駒村先生以外的人長時間相處，有點緊張。應該很快就會習慣……」

陽葵將小小的側肩包擺在地上，自己也無力地癱坐在地。

看來她已經累到站不住了。

哎，畢竟是待客的工作嘛。

「妳一副快死掉的表情，講這種話也沒說服力啦。今天我來做咖哩幫陽葵補充體力，先等一下喔。」

「小葵……好像老婆喔……好喜歡……」

「等一下，妳在講什麼啦！雖然我也喜歡陽葵啦……」

「呵呵呵。太好了，兩情相悅喔。」

「別再說蠢話了，先去洗澡。」

「好〜〜」

……這是什麼對話？

我完全被她們拋到一旁，或者該說沒有開口的餘地。

但是我也感覺到一股不該插嘴的氣氛，於是決定保持沉默。

話說，女高中生之間能這樣隨便開口說喜歡還真不錯——看著兩人的交流，我不由得有些羨慕。

「話說回來，陽葵真有辦法適應工作嗎？」

陽葵泡澡的時候，我呢喃說道。

「嗯～～她本人都那樣講了，應該沒問題吧？」

奏音將咖哩塊扔進鍋中，隨口回答。

之前廚房內只飄盪著洋蔥的氣味，短短一瞬間就被咖哩的香味征服了。

「……下次休假時我偷偷去看看狀況好了。」

「咦？那樣絕對會礙事啦，不要比較好！」

「但是剛才看陽葵累成那樣，忍不住會擔心。」

「拜託，對陽葵來說那樣一定很煩。要是我和陽葵跑去和哥的職場觀摩，你能心平氣和嗎？工作的時候視線不時對上，真的沒關係？」

「…………抱歉，還是算了。」

我順從地接受奏音的說服。

嗯。換作是我，也不願意在工作時有親朋好友跑來參觀。

這番話讓我深刻理解都到了這把年紀還遇上教學觀摩般的狀況，精神上鐵定很難受。

※　※　※

對陽葵而言，初次打工是刺激的體驗。

雖然打工的同伴只有女生，但其中有像陽葵一樣畫圖的人，有喜歡動畫與漫畫的人，也有人在玩角色扮演。

這裡沒有人會對陽葵的喜好說三道四。

能夠毫無顧忌地暢談自己的興趣，除了在和輝家之外，這是陽葵初次體驗到，因此她相當高興。

此外有另一件事讓陽葵暗地裡沾沾自喜。

那就是打工的同伴們會稱呼她「駒村小姐」。

在履歷表上，和輝為她在監護人的欄位寫上名字。

因此陽葵也跟著以「駒村」作為姓氏自稱。

這讓陽葵非常難為情又很開心。

（大家都叫我「駒村小姐」——感覺就好像變成夫妻一樣……）

每當有人用和輝的姓氏稱呼她，她就必須按捺面露傻笑的衝動。

其實按捺不住的次數還比較多。

儘管如此，她給打工同伴的第一印象僅止於「常保笑容」，已經算是僥倖了吧。

而顧客則是用店裡為陽葵取的暱稱來稱呼她。

陽葵以自然的笑容回應，紮實地增加自己的粉絲。

在誰也不認識陽葵的場所，陽葵放心展現真實的自己。

※　※　※

陽葵一星期會排兩到三天打工。

要是太熱衷於打工而沒時間畫圖，那就本末倒置了。因此她似乎一開始就這麼決定了。

陽葵外出時也留意避免遇見鄰居，所以離開公寓時不用電梯，而是走樓梯。

幸好我的房間位在三樓。

萬一是七樓或八樓可就辛苦了。

我們就這麼度過了好一陣子的平穩時光。

某天我回到家，發現陽葵正站在玄關。

回想起來，她早上說過今天打工沒有排班。

「歡迎您回來，主人。」

陽葵面露柔和的笑容，雙手交疊在腹部前方，以端正的姿勢說道。

聲音也比平常高一些。

短褲褲管下的雙腿不管何時看都是那樣修長，身材真的很好——我不由得讚嘆。

——這不是重點。

「妳在幹嘛？」

「呵呵呵。我想讓駒村先生體驗一下，我在打工時做的工作。」

「呃，這就不用了——」

「咦～有什麼關係嘛。不管什麼都好，請您點餐吧～～」

陽葵罕見地鼓起臉頰抗議。

生氣的表情讓我不禁覺得有點可愛。

「妳說要點餐喔……」

因為現在奏音正在廚房做晚餐，總不能打擾她。

順帶一提，奏音正擺著一臉賊笑，遠遠看著我們之間的交流。

我煩惱了好半晌後——

「那可以請妳幫忙按摩肩膀嗎？」

這應該不是女僕咖啡廳提供的服務，但肩膀僵硬是真的，我便姑且這樣提議。

「———！啊，好的。我很樂意！」

「咦？真的可以喔？」

我只是姑且問問，她卻二話不說就答應。

「駒村先生希望我幫你按摩肩膀吧？可以啊。那麼請坐在椅子上。」

我順著她的指示，坐到椅子上。

哎，偶爾一次也無妨吧。

雖然我覺得這情境不是女僕咖啡廳，而是父親節的活動……

「那就，呃……那、那我要摸你的肩膀了喔。」

「喔、喔喔……」

為何陽葵突然緊張起來？這樣會害我也跟著緊張啊。

短暫的吐氣聲後，陽葵的手碰到我的肩膀。

之後她輕柔地抓住肩膀，緩緩地開始按摩。

上次讓別人按摩我的肩膀，應該是先前去整骨院那次吧。

陽葵大概還在拿捏力道，感覺相當輕。

不過對我那坐在電腦前工作而僵硬至極的肩膀，力道剛好。

「駒村先生……我是不清楚人的肩膀有多硬，但你的肩膀似乎很僵硬？」

「是啊。畢竟整天都坐在辦公桌前。」

我好一段時間任憑陽葵擺布，享受溫柔的按摩。

…………………………

等等，感覺思考能力會逐漸流失。

有時感覺肩膀太過僵硬，我也會自己按摩，但是請人幫忙感覺果然不一樣。

「啊～～……陽葵，可以稍微用力一點沒關係。」

「啊，好的。我知道了！」

雖然回答充滿朝氣，但是陽葵手的力道沒什麼變化。

我猜想她的握力非常弱。

哎，現在這力道也不錯啦。

「哦～～……你看起來滿舒服的嘛。」

把紅蘿蔔扔進鍋中，蓋上鍋蓋之後，奏音走向我身旁。

看起來好像不太愉快，是不是我的錯覺？

「是啊～～肩膀很僵硬。」

「那我也來幫忙吧。」

「咦？」

奏音在我面前蹲下身子，二話不說就脫掉我的襪子。

明明是她自己動手的，脫下之後卻好像摸到髒東西似的，用手指捏著襪子放到一旁，感覺有些難以接受。

「喂，先等一下。該不會——」

「陽葵負責肩膀嘛，我來幫你按腳底的穴道。」

她面露微笑，使勁按壓我的腳底。

「唔啊啊啊啊啊啊啊？」

這瞬間，我喊痛的聲音響徹廚房。

「咦？太誇張了吧？該不會有哪個內臟不太健康？」

「不要邊笑邊說痛痛痛！」

「駒村先生……」

陽葵語氣擔憂地喊著我的名字，但我沒有聽漏她強忍著笑意般的呼吸聲。

「喂，陽葵也不要笑啊。」

「對不起。但是我第一次聽到駒村先生發出這種聲音——唔——呵呵！」

「看到別人痛苦還笑得這麼開心，妳們個性很糟喔！」

「兩個女高中生幫你按摩耶，少抱怨了啦～～」

語畢，奏音更用力地按壓。

「不要碰腳的小指啊啊啊啊！」

每當我慘叫，兩人就笑個不停。

在這之後，我品嘗了好一段地獄的時間。

在陽葵已經相當習慣打工的某一天。

她一副擺明了十分消沉的模樣回到家。

「陽葵怎麼了嗎？沒事吧？身體不舒服？」

奏音隨即飛奔到陽葵身旁。

那模樣簡直像是母親。

該不會是只有女性的職場上常見的陰狠霸凌開始了吧——

我也出自擔心而向陽葵詢問這方面的事，但她始終回答：「打工的地方大家都很好。」

既然這樣，究竟為何沒精神——儘管我這麼問，但陽葵對此只是苦笑著蒙混帶過。

在這之後，陽葵持續出門努力打工，回家後就開始畫圖的生活。

不過，陽葵的表情變得比以往更加認真，集中於作畫的時間變長了。

我和奏音只能在旁守候著陽葵。

※　※　※

難以言喻的無力感折磨著陽葵。

打工相當順利。

沒有在背地裡說壞話的那種人，反倒是遇上稍嫌麻煩的客人時彼此聊個幾句發洩情緒。

這些打工處的同伴們在陽葵眼中非常成熟。

實際上，她們年紀大多比陽葵大，大部分都是二十來歲。

不過原因不光是年齡。

在各種層面上，陽葵越來越覺得自己和她們相比很幼稚。

有人像陽葵一樣，懷有目標而正努力存錢。

有人則是離開父母庇護，自食其力。

有人對當下的流行與時勢特別了解。

在與打工處的同伴們相處的過程中，陽葵深切明白自己是多麼孩子氣且不諳世事。

而最佳的對照，就是奏音的存在。

明明同樣是高中生，卻能做好所有家事，知道許多陽葵不知道的事。

最近，不知不覺間陽葵越來越常把奏音當作比較對象。

最主要的原因大概還是陽葵對和輝的感情吧。

和當初相比，奏音對和輝的態度很明顯有所軟化。

理由十之八九是已經習慣了，但陽葵猜想還有其他原因。

說不定奏音也和自己一樣，對和輝心生——

一想到這裡就覺得——陽葵甩甩頭，把那想法趕出腦海。

因為她也知道一旦思緒往那個方向前進，只會走進沒有出口的迷宮。

她抽回思緒，注視著電腦螢幕。

畫到一半的草稿在螢幕上放大顯示，像是正等候陽葵的下一步。

自己過去能夠不經過具體的開銷計算，只單純直視眼前的夢想，是因為自己是被父母保護的青少年。

雖然不甘心，但陽葵承認了這件事。

然而她現在還是不想回家。

理智上明白自己現在的行徑就常識而言是「壞事」。

因為她正給和輝與奏音造成麻煩。

這些她本來就心知肚明。

儘管如此，陽葵的感情還是無法接納父母對她做的事。

不想回家。

——我到底該怎麼辦才好？

現在陽葵能做的事。

胸口勒緊得難受，煩惱不已，但最後的答案終究回到「去做現在能做的事」。

除了絞盡心血去完成參加比賽的圖，別無其他途徑。

『總之我對妳沒有任何要求。真要說的話，大概就是要妳表現出認真畫圖的模樣吧？』

陽葵在腦海再三反芻過去和輝對她說過的話。

於是陽葵將力量注入握著觸控筆的手。

一抹念頭浮現。

和輝究竟願意讓陽葵待在家裡到什麼時候呢？

不，現在一定不能亂想——陽葵決定對這個問題視而不見。

※　※　※

第12話　童年玩伴與我

公司附近有幾間打從早上就開張的咖啡廳。

其中一家。

外牆為褐色，散發時尚氣息的咖啡廳前方，我停下腳步。

反正還有一點空檔，久違地進店裡看看吧。

仔細一想，自從和奏音與陽葵開始生活後就沒來過了。

在那之前我每星期會有兩到三天在這裡吃過早餐之後再上班。

（「那傢伙」或許也在擔心啊。）

我這麼想著，推開店門。

裝設在入口上方的鈴鐺發出清脆的鏘啷聲響。

好一陣子沒聽見這聲音了。

「喔，歡迎光臨。」

一走進店內，正將咖啡注入杯中的店長便對我打招呼。

看起來和藹可親的店長有一頭白髮與白鬍子，是個擔任演員活躍也不奇怪的型男。
看在我這個男性眼中也覺得帥氣。
我與店長身旁的女性店員四目相對。
見到我的瞬間，她的臉上綻放笑容。
這位女性——友梨，與我之間算是俗稱的青梅竹馬。
友梨之前工作的公司在半年前倒閉，現在一邊在這裡打工一邊找下一份工作。
實在沒想到會在我公司附近的咖啡廳與她重逢。第一次在這見到友梨時，真的讓我非常吃驚。
話說回來，公司居然倒閉啊，還真是不景氣……
那麼，今天要坐哪裡呢？
數量稀少的餐桌座位已經有看似像我一樣等著進公司的男女上班族的顧客，因此我決定選吧檯座位。
「好久不見了耶。」
友梨把水和濕紙巾送到我面前，面露柔和微笑，如此說道。
「是啊。」
「今天要點什麼？」

「熱咖啡就好。」

「嗯？不吃早餐沒關係？」

一如預料，友梨對我點餐的內容起了反應。

當然我對此也已經準備了理由。

「嗯，我在家裡吃過了。這陣子在省錢。」

「是喔……」

其實我沒有說謊。

多出兩名女高中生與我同居，我也想盡可能削減支出。

當然我無法坦承有個女高中生幫我做早餐。

「和輝開始省錢啊。也對，之前每星期大概都會來三次嘛。」

「這對我們店裡的收益有點打擊啊。」

店長如此說著，將熱水注入手沖式濾杯。

咖啡的芬芳飄了過來。

「不好意思，店長。所以我想說至少點杯咖啡。」

「哎呀，開玩笑罷了。可不能讓客人為店裡的業績操心啊。」

話是這樣說沒錯，不過因為之前是常客，還是不免有些在意。

況且早餐的套餐相當美味，我本來就喜歡，特別是火腿烤吐司。煎得焦度適中的火腿，以及塗滿奶油的吐司。

雖然簡單，味道就早餐而言相當合適，而且還附生菜沙拉。

不過，自己的生活還是要放在第一，這方面就暫且不提吧。

「區區和輝一人份的收益，很快就能補回來了，用不著擔心。況且也有個可愛的招牌店員在嘛。」

「店長……我已經不是那種人家會說可愛的年紀了……」

友梨回答時有些不知所措。

確實友梨雖然與我同年，但已經有種成熟的氣質。

不過，我的意思絕不是看起來特別老氣。

該怎麼說——女人味吧。嗯，的確如此。真的要用言語描述的話，就是女人味。

也許是嘴角與鎖骨附近的黑痣更加強化了那份氣質。

不過在我心目中，過去的印象還是比較強，每當見到有人稱讚友梨「成熟」或「美女」，總是有些摸不著頭腦。

「在我看來，年輕女性全都能劃在『可愛』的範疇裡。哎，對年紀比我大的夫人有時也適用就是了。」

店長如此笑道，將咖啡自吧檯裡側端到我面前。

今天同樣在下班時間前收拾了工作。

近來下班時間到就收工已經漸漸成為習慣。

一旦到了年底恐怕就沒辦法這樣了吧，不過工作要忙碌起來是好一陣子之後的事了。

我走出公司一樓大廳，打算前往車站。就在這時——

「——咦？」

熟悉的身影就站在公司門前栽種的樹叢附近。

那是友梨？怎麼會出現在那裡？

「啊，和輝，工作辛苦了。」

一注意到我，友梨面露笑容迎接我。

「怎麼了？」

「啊哈哈，其實我在等你喔。」

「呃，妳在等我……？我記得妳打工不是到傍晚嗎？」

「嗯，今天只到下午三點。所以我剛才在附近的商業大樓打發時間。」

「找我有事？」

她幾乎等了兩個鐘頭，肯定是有事找我吧。有事想找我聊嗎？

我這麼想著而認真地問她，但是——

友梨的回答完全超乎我的想像。

「你在省錢對吧？所以我想去幫你做菜。」

「…………………………咦？」

為了理解友梨這句話，至少需要大約十秒。

友梨來我家做飯。

來我家。

現在奏音和陽葵就在我家裡面——

不、不行不行不行不行！

那樣很不妙！絕對很糟糕！

萬一陽葵的存在曝光了，真的一切都會完蛋！

「呃，妳的好意我很感激，不過我晚餐沒問題。不用擔心。」

「可是和輝，我記得你之前好像提過，自己一個人不太自炊吧？」

唔——————！

這是千真萬確的事實。

因為我之前連早餐都懶得做，一星期內有近乎一半靠晨間套餐解決。

可惡！沒想到自己過去的發言成為弱點。

「是、是這樣沒錯啦，但我不能就這樣依賴妳。自己去做才會越來越拿手……況且，還是對妳不好意思。」

「我無所謂喔，偶爾休息一下也沒關係吧？」

為什麼？

為何唯獨今天的友梨特別難纏？

難道我的飲食習慣看起來那麼糟糕嗎？

「不過，那個，也不至於讓妳特地跑一趟……」

該怎麼說才好？該怎麼做，友梨才會放過我？

我的腦袋現在非常混亂。

總之，讓友梨來到家裡很糟糕。說有多糟就有多糟。

「和輝……你該不會有事想隱瞞……？」

友梨對我投出狐疑的視線。

不妙。態度太露骨了嗎？

該怎麼辦？該怎麼說才好？繼續堅持拒絕下去，一定會讓友梨萌生更多疑心吧。

為了阻止友梨來到我家，該怎麼做——

於是我下定決心了。

「那個……好吧。我就老實說了。其實現在我表妹借住在我家……」

「表妹？」

友梨歪過頭。她不知道奏音的存在。

「嗯。那個女生家庭環境有點複雜，那個——」

於是我對友梨只坦承了有關奏音的部分。

友梨聽完我說的話，表情複雜地靜靜站著好半晌。

「原來是這樣啊……既然如此，我突然跑去你家做菜，那孩子也會不太舒服吧……」

「那個，不好意思……那孩子比較麻煩一點……」

擅自把奏音說成「麻煩的孩子」雖然讓我受到良心苛責，但我是為了突破這次危機。原諒我吧。

「沒關係。既然有這種理由，今天還是算了。況且我也明白了你必須省錢的原因。」

「不好意思。所以我這陣子大概還是沒辦法去吃早餐。」

「我明白了，我會和店長說一聲。對了，有什麼我能幫上忙的事情，儘管告訴我喔。」

「謝了。需要的時候我會拜託妳。」

友梨揮著手離開了。

我目送友梨直到她的背影自視野中消失，這才長長吐出一口氣。

好不容易度過難關了，真是危險……

我知道友梨是出自善意才想幫我這個忙，因此也有幾分罪惡感，但這種狀況下也沒其他辦法。

住在我家的陽葵，威力與炸彈相匹敵。

我突然想到。

我究竟能夠隱藏陽葵的存在直到何時？

況且我為什麼要為陽葵做到這個地步？

因為奏音拜託我——

雖然這也是原因之一，但這件事一旦曝光就是犯罪。自己要做到這個地步的理由，我無法以言語明確說明。

我腦裡浮現的，只有陽葵每天一心一意努力畫圖的模樣。

也許她的努力最後不會得到回報。

畢竟只是高中生。

身為成年人的我總會覺得，不可能就此一帆風順地實現夢想，步入通往幸福的康莊大道。

但是，儘管如此，儘管明知現實如此，我還是想守候著她——

我這時察覺到這樣的念頭從自己心底強烈湧現。

隔天。

結束了上班時間，走出公司的瞬間，我的雙眼捕捉到某人的身影。

在公司前方，手拿著偌大紙袋的友梨就站在眼前。

人生至今最強烈的「野性直覺」在我心中開始運作。

換言之就是敲響警鐘——

我已經預料到自己將迎來人生中最大的危機。

令人悲哀的是，我沒有手段迴避這次的危險。

真的是連第二條路線都沒有。

走投無路。

我已經無處可逃……

離開公司的路線僅此一條，我也無法從後門繞道離開。

我至今從來沒有如此憎恨環繞公司大樓栽種的綠籬。

我不禁討厭起對童年玩伴懷抱這種想法的自己。

不過，只是我當下的狀況和她愛照顧人的個性恰巧不吻合而已。

友梨從小就個性溫柔且開朗，因為有她的存在，讓我得救好幾次。

我下定決心，決定與友梨對峙。

她絕對不是什麼壞人。

我一定會想辦法找出活路。

友梨一注意到我的身影，馬上就露出親暱的笑容靠近我。

「和輝，工作辛苦了。」

「啊，嗯……妳也辛苦了。」

友梨也不理會我應對時的僵硬笑容，稍微提起她手中的紙袋。

「這些啊，我想說要給你昨天說的那位表妹，就帶了不少東西來。」

「妳的好意我很感謝——不過這是什麼？如果是吃的，這方面用不著擔心。」

若理由是「去你家幫忙做飯」，可以靠著奏音在家為藉口解決。

關於這件事，我原本打算更加堅定地回絕——

「不是你想的那樣。是『女高中生』應該會喜歡的東西，像是便宜的化妝品、雜貨用品

之類。我想你對這方面應該一無所知吧。」

「唔——」

因為全都被友梨說中了，我為之語塞。

她說的沒錯，我單純只想著如何生活下去，對於這類女生的嗜好品完全沒考慮過。

不對。

說起來，我甚至不曾意識到這些物品的必要性。

雖然奏音和陽葵從來沒對我提過這方面的需要——現在仔細一想，大概是體恤我的錢包吧。

因為並非生活上必要的物品。

我幫她們買的頂多就洗面乳而已。

但她們是時下的女高中生，想必也對這種「可愛的東西」有興趣，也會想化妝，這些東西她們一定會想要吧……

而且友梨有個念高中的妹妹，眼光應該很精準。

友梨有一個大她兩歲的哥哥，還有小她八歲的妹妹。

我還記得她國小時，因為多出一個年紀小很多的妹妹而歡天喜地的模樣。

「我明白了。妳的善意我就感激地收下了，我會交給她。」

「關於這件事，我還是想去你家一趟，可以嗎？」

「…………………為什麼？」

這疑問不由得脫口而出。

呃，我是真的搞不懂原因。

「咦？因為我想問她想要哪種化妝品之類的啊。雖然我帶了不少東西來，但是恐怕還有缺。比起你居中傳話，我覺得我直接問比較快就是了。啊，錢的事你不用擔心，這全部都很便宜。」

「………………」

一切都太合理了，無從反駁。

奏音應該也會不客氣地提出要求吧。

我實在沒想到友梨的「願意提供協助」會以這種形式提供……

我讓大腦全速運轉，思考下一步。

現在這狀況——別無他法。

把友梨帶回家吧。

這時我要是繼續堅持拒絕下去，反倒可能引起她的懷疑。

「那個……真的好嗎？」

「嗯，別客氣。如果這樣能讓你表妹心情稍微好一些，我覺得沒關係。」

見到友梨露出溫暖的笑容，我的良心不禁隱隱作痛。

回家前，我先去一趟超市。

為了補充日用品——但這只是表面上的理由，真正的目的是打電話給奏音。

「等一下，我上個廁所。」

「啊，嗯。知道了。」

我把空的購物籃交給友梨，衝進位在店內角落的廁所。

走進個人隔間，立刻打電話給奏音。

『喂，我是奏音。和哥會打來還真稀奇。怎麼了？』

「奏音，現在時間緊迫，我就長話短說。雖然不情願，但接下來我會帶朋友回家。」

『咦————』

奏音傻眼，但我沒空詳細解釋。

我立刻接著說：

「所以我要問妳，陽葵在嗎？」

『陽葵還在打工啊。她說今天會比平常晚一些。』

「是喔……那應該沒問題吧……」

真是不幸中的大幸。

至少能夠避免友梨與陽葵直接面對面這種最糟糕的事態。

因為陽葵沒有智慧型手機也沒有舊型手機，沒有直接聯絡的手段……

「我想她大概不會待太久，但為防萬一，妳可以先把陽葵的個人物品藏到不起眼的地方嗎？我現在人在車站前的超市，大概不到三十分鐘會到家。」

『我、我懂了。』

奏音一說完，慌慌張張掛斷電話。

這樣應該能勉強過關吧——

我仰望廁所的天花板，不由得深深嘆息。

在超市買了面紙、吐司以及特價的豬五花肉，又順手買了發泡酒，之後我和友梨一同回到家。

「你、你回來啦。」

奏音有些緊張地前來迎接。拜託一下，麻煩妳擺出平常的態度——

奏音對我的心願毫不知情，表情緊繃，視線轉向一旁的友梨。

「這個人是……？」

「她是我從國小就認識的朋友，名叫道廣友梨。在我的公司附近工作，之前跟她提過妳之後，她就拿了很多東西想給妳……」

「幸會，我叫道廣。」

在我介紹之後，友梨笑著低頭行禮。

「啊，嗯。妳好……你說的朋友，原來不是男的喔？」

「嗯——？」

聽奏音這麼說，友梨歪過頭。

喂，不要說出來啊。

在電話中只說「朋友」確實是我不好。但是妳這樣一說，我事先打過電話這件事不就會穿幫嗎！

「總、總之，友梨給了我不少東西，說是要給妳的。這個，妳拿去看看。」

我把友梨給我的紙袋交給奏音。

奏音看向紙袋裡頭的瞬間，雙眼閃閃發光。

「哇！有MAJOCA的口紅和腮紅，這個是fuwari的指甲油……！還有眼線筆跟眉筆——咦？等一下，而且有好多種顏色！」

奏音直盯著袋中瞧，表現出我沒見過的興奮。

臉頰有如時下少女般浮現欣喜的紅潮。

原來奏音也會露出這種表情啊……

友梨輕易就讓奏音自然流露我從未見過的表情，果然有些事只有同性才會懂啊……

坦白說，我感到敬佩的同時也有一絲不甘心。

「我不知道妳喜歡什麼顏色，就拿了最基本的幾種過來……要是妳有特別喜歡的東西，我下次會拿過來，可以告訴我嗎？」

「咦——？那個，真的可以嗎？」

奏音面露喜色的同時，浮現一抹遲疑。

就如我所想的，她的個性有忍耐的傾向。

這時候沒必要客氣——也許因為我如此想著，友梨如實說出我的想法。

「嗯，真的沒必要客氣喔。我妹妹也讀高三，買了不少便宜的化妝品，或在百圓商店亂買東西。她用不完我們也會用，要是妳不嫌棄用過的東西，我可以拿來。反正有些東西用個幾次就沒用了。」

「那個，真的很謝謝妳……我好開心。看到這些東西還是會忍不住開心起來。」

我應該會有好一陣子無法參與對話吧……

打擾她們就不好意思了，我與聊得起勁的兩人稍微拉開距離。

友梨帶來的東西不只有化妝品，還有可愛的鏡子與手帕、指甲剪等雜物。

特別是鏡子，這真是盲點。

對我來說只要盥洗室裡有面鏡子就夠了，但女高中生還是需要一面隨身鏡啊……

在這短短的時間內，我深切體認到年近三十的男子與女高中生的生態差異。

「真是打擾你們了。」

我們與友梨面對面站在玄關前方。

「那個……這麼多東西，真的很謝謝妳。」

奏音對友梨低下頭。

經過一番閒聊，奏音與友梨好像已經處得相當融洽。

「哎呀，不用在意啦。奏音，妳想要的東西我之後會再拿來喔。」

「好的。」

「和輝也是，之後再見嘍。」

「嗯。不好意思這麼麻煩妳。」

「那我走嘍——」

自始至終面露溫柔笑容的友梨走出玄關大門。

風從外頭流入，擺在鞋櫃上的芳香劑的氣味飄了過來。

我和奏音在這短短幾秒內沒有交談，也沒有動作，只是呆呆站在玄關前——

「……原來你還有青梅竹馬喔。」

奏音面無表情地嘀咕。

剎那間我覺得一陣尷尬。

「那個喔，哎呀，嗯。我只是想說也沒必要特地解釋就沒說，那個——不好意思。」

「今天是陽葵剛好不在才平安過關，那個人下次又來的時候，要是陽葵打工休假該怎麼辦？」

「那個——雖然對陽葵不好意思，那段時間只能請她暫時離開家裡……應該吧……」

奏音臉上寫著不愉快，瞇著眼睛直瞪向我。

那個，我是真心覺得對陽葵很抱歉啦……

但是一想到日後的問題，胃就開始隱隱作痛。

這下子友梨確定會偶爾造訪了。

但是在剛才的情境下，我實在無法說出「拜託妳再也不要來我家」。

「友梨小姐很漂亮耶，感覺好像很成熟。不對，就是很成熟。」

「是……喔？呃，也許吧……」

別看友梨那樣，其實她也有少根筋的地方。

比方說莫名其妙在平地上跌倒。

在我心中的友梨還是學生時期的印象比較強，聽到有人評論她「很成熟」，要立刻點頭同意還是有些抗拒感。

不過確實外表和過去相比已經很成熟了，嗯。

「胸部也很大。」

「…………」

對此我不予置評。

我可不想因為多嘴而自掘墳墓。

那部分恰巧在這瞬間掠過腦海——這我絕對不能說出口。

「胸部也很大。」

「幹嘛講第二次。」

「因為啊～～就很不公平嘛。我明明也是同性別，那種壓倒性的差距太不公平了嘛。」

妳這句話萬一讓陽葵聽見，她應該會很不高興喔……之前一起洗澡的時候，她還那麼羨慕耶。

況且奏音雖然不如友梨，但是在我看來已經相當有分量了。

至於陽葵嘛——該說纖瘦苗條吧。嗯。

「啊～～下輩子我想當個胸部大又可愛而且超有女人味的大姊姊，當個萬人迷。」

「才十幾歲不要講什麼來生的願望啦。我會覺得空虛啊。」

我也想變得更有肌肉，身高要高且嗓音夠有磁性，有如演員般的帥哥型男，過著作弊般的人生。

……嗯。不要再繼續想下去了。

別說毫無建設性，心中只會徒增空虛。

※　※　※

陽葵走在被夜色籠罩的住宅區。

雖然比平常晚回家，但身體不怎麼疲累。

今天的客人不多，絕大多數的時間只是在街頭發傳單就結束了。

不久後她抵達了和輝住的公寓前方。

陽葵平常都是在傍晚時回家。

上次看到夜裡的公寓已經是第一次來這裡的時候，現在感覺很新鮮。

從這裡可以看見各家公寓大門的上半部，並排在明亮電燈照亮的走廊。

她不經意地抬頭仰望和輝房間的位置。

自從開始打工之後，陽葵久違地品嘗到期待回家的感覺。

這樣的體驗上一次是在國小時，滿心期待回家看重播的動畫節目吧。

只要回到那裡，奏音已經準備好美味的晚餐等著她，而且和輝也會迎接她進門——

明明離家出走，這麼幸福的心情真的好嗎？

但是陽葵按捺不住自己的嘴角上揚。

然而她的臉龐在下一個瞬間凍結如冰雕。

有人自和輝的房間走出來。

而且還是女性——

「咦…………」

陽葵以為自己注視的房間是別戶人家，再次定睛一看，但那確實是和輝的房間沒錯。

女性的身影消失在走廊的盡頭。

陽葵連忙躲到停車場的車子後方。

過了一小段時間後，女性自公寓的一樓大門現身。

陽葵躲在車子後方偷偷打量女性。

剛才光是遠遠看上去的輪廓就給她「好像很漂亮」的第一印象，這時在近距離仔細一看，那女性果真是與印象無異的美人。

長髮光澤亮麗，嘴角有顆美人痣。

再加上彷彿在強調「大人」的胸部，以及纖瘦的腰肢。

姿勢端正，走起路來也有模有樣——

「嗚哇！」

緊接著，她在空無一物的地面上突然絆到，差點跌倒。

「…………」

不由得湧現了些許親近感，讓陽葵有點不甘心。

女性獨自一人有些害臊地重新站穩，再度以端正的姿勢邁開步伐。

她沒有察覺到陽葵的存在，朝著道路的另一頭離去。

陽葵好一段時間無法動彈。

剛才那個美人是誰啊？

該不會是和輝的——？

過去和輝身旁完全沒有女性的影子，因此陽葵一直認定他沒有女友。

但是，不用想也知道和輝是個成年男性。

身旁有關係親密的女性一點也不奇怪。

理性得到這樣的結論，以及內心接納這件事，兩者是不同的問題。

陽葵不被和輝放在眼裡——

感覺就好像這個事實殘酷地直接擺在眼前，在陽葵心中喚來沉重陰霾。

回家之後，陽葵向兩人老實提起她看見有位女性從房間走出來。

和輝與奏音便向她說明了剛才友梨的來訪。

她為了奏音帶來許多雜貨用品，而且之後可能還會再來。

不過，因為無法向友梨坦承陽葵的存在，這些用品沒有要給陽葵的份，和輝因此對陽葵道歉。

儘管如此，奏音還是以「自己要用」的名義，多要了一些要給陽葵。

不過，陽葵對此幾乎毫不在乎。

陽葵對化妝沒有太大的興趣，而且現在需要的東西，和輝已經買給她了。

光是這樣陽葵就滿足了。

而且也得知了——友梨不是和輝的女友，讓陽葵鬆了口氣。

比起物品，這個問題對陽葵才真正重要。

儘管如此，又有其他的不安在陽葵心中萌生。

和輝的童年玩伴——

換言之，友梨打從小時候就認識和輝。

她知道許多自己無法親眼見到的和輝的模樣。

湧現這種無可排解的嫉妒心，讓陽葵不由得討厭自己。

當天夜裡。

關掉客廳的電燈後，陽葵看向躺在隔壁那床棉被的奏音。

仰躺著的奏音滑著智慧型手機，正在設定鬧鐘。

「那個，小奏……」

「嗯？好痛！」

智慧型手機從她手中滑落，正中她的臉。

從旁邊看都覺得一定很痛。

奏音伸手按住臉，不吭聲地扭動身子。

「還、還好嗎……？」

「好像……不太好……」

平常能幹的奏音也會有這種失敗啊。雖然是幸災樂禍，陽葵覺得有些安心。

在陽葵眼中，奏音是個家事萬能的超級女高中生。

知道這麼厲害的她有時也會流露這樣的一面，讓陽葵更加懷抱親近感。

奏音按著自己的臉好半晌，痛楚似乎漸漸消褪了。

泛著淚光的眼眸轉向陽葵。

「妳剛才想說什麼？」

「那個……我是想問友梨小姐的事……」

為了不讓隔壁房間的和輝聽見，陽葵用耳語般的聲音說道。

她提起友梨的瞬間，奏音的表情也變了。

奏音悄悄挪動身子靠向陽葵。

「那個，小奏……呃，妳怎麼看？」

思考到最後，說出口的還是直接的問句。

奏音只短暫思考，同樣用囁嚅般的細語聲回答陽葵：

「我認為非常強悍。」

雖然語焉不詳，陽葵已經完全理解了奏音想說的意思。

同時她也確信了。

奏音肯定也一樣，對和輝抱持的感情與陽葵相同。

同時奏音似乎也明白了陽葵當下的想法。

兩個人同時害臊地呵呵輕笑。

「童年玩伴加那個外貌，太不公平了吧？」

「就是說嘛。」

陽葵原以為會有更多煩躁或嫉妒之類的醜陋感情湧現，但不知為何，這時最強烈的還是喜悅。

※　※　※

第13話　休息時間與女高中生②

事情發生在下班後，回到我家附近的車站時。

突然間，我的視線飄向擦身而過的年輕女性。

那女性穿著刺眼的螢光黃色T恤與深紫色長裙，而且頭上還掛著一副偌大的太陽眼鏡，打扮非常醒目。

我不知道那算不算時髦，唯獨理解了對方那「我就是穿我愛穿的」的自我主張。

不過我的視線被女性吸引的原因，不光是她惹眼的打扮。

從那位年輕女性手提的便利商店的袋子，我隱隱約約看見某物。

那個——肯定就是「鮮奶油加量的起司蛋糕」吧……

別人手中的食物總是有種不可思議的吸引力。

因為我突然覺得嘴饞，決定去便利商店一趟。

手提著兩個偌大的塑膠袋，搭上公寓的電梯。

除了起司蛋糕外還加買了幾種甜點，還滿重的。

泡芙和提拉米蘇加上布丁全都三人份，此外還有一些洋芋片之類的零食——把這些商品放上收銀台時，醞釀出一股「嗯？這些喔？是我以外的人在家裡要吃的。算是一場小派對啦」的氣氛。

老實說，只買起司蛋糕實在讓人有點害羞。

而且今天的店員又正好是中年大叔。

雖然我也希望能夠更大方地只買甜點，但也許是我自己心裡有障礙，就精神層面來說還有困難。

如果我將來變得更像個中年大叔，是不是反倒不會在意了？

於是，雖然稍微買太多了，反正奏音也說過她食量不小，偶爾一次沒什麼不好吧。

短暫的飄浮感之後，電梯停止上升，電梯門開啟。

眼前有位穿著宅配員制服的小哥正在等電梯。

我微微點頭後，走出電梯。

那位小哥在錯身而過時，視線一瞬間飄向我手提的塑膠袋。

……果然很醒目啊。畢竟袋子很大，裡頭又裝滿零食嘛。

而且一走路就發出沙沙聲響。

不過，家門已經近在眼前。

我取出鑰匙，打開大門。

自從三個人一起生活後，我一回到家就會先觀察鞋子。

原本只是為了確認奏音是不是還沒到家，因為陽葵開始打工了，我現在也會確認她的鞋子在不在。

話雖如此，大部分的時候她們只要在家，我一走進玄關，她們就會來迎接我。

「啊，你回來啦。」

就像這樣。

「我回來了。陽葵去打工還沒回來？」

「嗯。她早上不是說過了？說我們兩個可以先吃飯。」

「是這樣喔？」

仔細回想，似乎真的講過這種話。

那時我正好在刷牙，腦袋大概沒有真的理解吧。

「話說你買什麼東西這麼大一包？」

「這個喔？是甜點。我想說偶爾一次也不錯。」

「咦？真的？給我看給我看！」

剎那間，奏音的雙眼閃閃發亮。

奏音連忙從袋子中取出甜點。

「要從哪個開始吃呢～～」

「要先吃過晚餐。」

「咦～～？只吃一個也不會有影響啦。」

我默默送出反對的視線。

我覺得一旦縱容，一定會對日後造成壞影響。

現在我終於明白了小時候爸媽反覆叮嚀「不要在晚餐前吃零食」的用意。

因為生活習慣一旦失序，就很難恢復啊……

「嗚～～不要這樣看我啦。我知道了，我會先吃飯再吃。」

「那就好。這些都是飯後甜點。」

「好～～」

奏音充滿朝氣地回答後，回過頭繼續做晚餐。

……這味道，今天晚餐是馬鈴薯燉肉啊。

今天陽葵不在家，只有我和奏音吃晚餐。

只有兩人的晚餐時間少有對話，只是默默地用餐。

要是陽葵也在，她會主動拋出話題，讓晚餐時間熱鬧起來。

也許奏音和我兩人獨處還是會覺得不自在吧？

還要加上之前在她家發生的事——我想到這裡的時候，發現奏音的視線一直飄向裝著甜點的塑膠袋。

……該不會奏音只是一心想吃甜點，注意力全都放在那邊了？

「我吃飽了！」

奏音一吃完晚餐就使勁站起身。

迅速把碗盤擺到洗碗槽，連忙一直線走向甜點。

……妳這傢伙也真是的……

「呵呵呵！接下來就來品嚐飯後甜點吧。到底要從哪個開始吃才好呀～～」

她一面發出時代劇中反派的台詞，伸手在塑膠袋裡翻找，將甜點一一取出。

我第一次看到奏音這麼興奮。

她看起來真的很開心……

「很好，首先從洋芋片開始。正好覺得很懷念鹽味啊。之後就是泡芙——啊，和哥！有泡芙就要放進冰箱啊！」

「啊～～抱歉。完全忘記了。」

「起司蛋糕、提拉米蘇和布丁也直接放著不管！真是的～～不夠冰的話，美味度會減半啊～～」

奏音不停嘀咕著，將「需冷藏」的品項一一放進冰箱。

「妳先等等，妳剛才的意思聽起來像是妳連洋芋片之外的東西也要吃？」

「咦？不行喔？」

「妳不要一口氣全部吃光啊！」

「這點程度的分量很簡單耶。」

「────」

我不由得啞口無言。

奏音食量真的很大……

這孩子平常到底有多忍耐啊？

「況且有效期限也很短～～我想說要早點吃掉才行。」

「……會胖喔。」

聽到這一句話，奏音的動作頓時停止。

隨後她默默打開洋芋片的袋子，吃了起來。

糟糕了……

對女生說「會胖」一定是地雷吧。

「和哥有時候神經真的很大條……」

奏音呢喃說著，嘴巴不停咀嚼著洋芋片。

「抱歉……」

關於這點，我也只能老實道歉。

打工下班的陽葵回到家，吃過晚餐之後。

陽葵選擇提拉米蘇當作餐後甜點。

「嗯～～好好吃。」

將提拉米蘇送進嘴裡，陽葵的臉因為幸福而放鬆。

奏音在一旁直盯著陽葵的臉龐。

就好像主人下令「還不行」的狗一樣啊——我突然有這種感想。

這麼明顯的注視，陽葵似乎也注意到了。

「小奏是不是很想吃？」

「咦？呃，沒有啦，我不是這個意思。我剛才已經吃過洋芋片了，那個，只是覺得好像很好吃而已——」

「呵呵，小奏喜歡提拉米蘇吧？那就給妳一口。來，啊～」

奏音聽從陽葵的指示，順從地張開嘴。

緊接著她將提拉米蘇含到口中，露出燦爛的笑容。

「好好吃……」

這瞬間，陽葵的身子開始顫動。

「小奏真的好可愛……看到全新的一面，我心中好像有扇通往新世界的門要開啟了。」

「雖然聽不太懂妳在說什麼……總之明天我的份也會分妳一口。」

「嗯，我會期待的。」

這時兩人不知為何伸手拍了拍彼此的頭頂。

這情景擺在眼前，我究竟該做何感想？

呃，感情好當然是再好不過啦——

雖然是理所當然，我的年齡和性別都不同，無法加入她們。一想到這裡，不知為何有陣孤寂感。

第14話 感冒與女高中生

某個假日的早晨——

平常總會第一個起床並且準備早餐的奏音還窩在鋪於客廳的被窩裡。

「駒村先生……」

坐在她身旁的陽葵神色不安地仰頭看向我。

「小奏好像身體不舒服……」

我立刻在奏音的枕邊蹲下。

奏音雙眼微睜的表情很明顯異於平常。

額頭冒著汗，整張臉泛紅。

「啊……早安……要做早餐……才行……」

「等等，妳擺明發燒了吧？繼續躺著休息啦。」

見奏音想爬出被窩，我連忙阻止她。

我可沒有缺乏人性到強逼這種狀態的人做早餐。

「可是……」

「我說妳啊……我好歹也是成年人，早餐隨便都能解決。少說廢話，今天妳就不要管這些事，好好休息。」

「嗯……」

「陽葵，妳可以去拿水來給奏音嗎？」

「好的！請交給我！」

我如此拜託後，陽葵飛奔衝進廚房。

得注意別讓病人脫水了。

我趁這個空檔回到自己床邊，將擺在附近的體溫計拿來。

「三十七點九度啊……」

從奏音手中接過體溫計之後，我不由得皺起眉頭。

體溫還滿高的，但今天診所沒開。

我也試著透過網路尋找假日看診的醫院，但是距離這裡相當遠。

考慮到這段路程對奏音施加的負荷，外出這個選項恐怕還是先放一旁吧。

家裡應該沒有感冒藥，之後得去買才行。

「小奏，我覺得應該吃點東西比較好……有胃口嗎？」

陽葵這麼問，奏音孱弱地搖頭。

「現在……什麼也不想吃……」

聽奏音這麼回答，我和陽葵皺著眉頭，互看彼此。

「傷腦筋了。」

那種感覺我也明白，但也不能就這樣什麼都不吃。

「小奏，妳覺得什麼東西大概吃得下？冰淇淋也好，果凍也可以，我去買回來。」

聽了陽葵的提議，奏音的表情稍微放緩了。

「那就……冰淇淋……草莓口味，杯子裝的那種……」

「嗯，我懂了。駒村先生，可以嗎？」

我點頭後站起身。

「總之我們也先吃早餐吧。吐司可以嗎？」

「好的。吃完早餐我就去買！」

陽葵握起拳頭，充滿了幹勁。

陽葵一定真的很喜歡奏音吧。

「有缺什麼，我去買就好。」

「不好意思……請駒村先生陪在小奏身邊。這種時候，我想還是有大人在身旁會比較安心——」

陽葵如此說道，臉上飄過一抹寂寞。

是這樣喔？

不，大概不會錯吧。

我回憶起國小時因為感冒臥床不起的經驗。

知道父母就在旁邊，確實有種安心感。

話說回來，沒想到負責做飯的奏音會生病——

看來這個假日會與平常不同。

吃完簡單的早餐後，我把錢交給陽葵。

我告訴陽葵除了奏音剛才說的冰淇淋之外，還需要感冒時的好幫手寶礦力，以及其他奏音應該吃得下的東西都可以買。

此外順便帶回我們的午餐。

因為車站前的超市有附設藥局，我請她去那邊買感冒藥。

我立刻就洗好盤子，回到奏音躺著的客廳。

「和哥……」

「怎麼了？」

「可以幫我把上衣拿來嗎……？隨便一件都好……」

「要換衣服？」

「因為……流了很多汗……」

「我知道了。」

我拉開收納奏音衣物的抽屜。

這時應該不要選太緊的衣物，T恤比較合適吧？

我拿了一件上頭印著許多色彩亮麗的花朵的白T恤回到客廳，這時奏音正好緩緩地爬出被窩。

平常總會用心定型的淺色頭髮現在任憑髮梢凌亂地翹起。

「和哥……可以幫我拿一條濕毛巾嗎？」

「知道了。」

大概是想擦汗吧。我立刻如此判斷，按照她所說的，到盥洗室準備一條濕毛巾。

將溼透的毛巾使勁擰乾後回到客廳，這時我不禁懷疑自己是否看錯。

奏音已經脫下上衣，上半身只穿著內衣。

「呃——！呃，抱歉！馬上來——」

「啊，和哥……幫我，擦背……」

奏音好像也不吃驚，轉身背對我，要我幫忙。

從她迷濛的眼神可以看出她現在思考能力相當低落。

——該怎麼辦？

我掙扎了短暫幾秒，決定聽從她的要求。

對方畢竟是病人，無法斷然回絕她的請求。

就在奏音恢復理智之前，早早幫她擦好背吧。

我坐在奏音的背後，從肩膀開始往下擦。

「啊……還有脖子……」

奏音用手將頭髮圈成一束，露出底下的頸子。

…………後頸。

等等，不要凝視啊。她可是高中生耶。

我拚了命忽視自己內在即將萌生的某種東西，飛快地擦過她的頸子。

「謝謝……」

奏音雖然這麼說，但狀況還沒結束。

奏音居然用流暢的動作，喀的一聲解開了胸罩的釦子。

「————！」

奏音什麼也沒說。

好像這只是理所當然的動作。

為了避免從側面看見那豐滿的隆起，我絞盡了精神力。

使勁過頭，說不定連手都握緊了。

——這是哪門子的苦行啊？

「嗯，謝謝……」

謎樣的苦行時間終於過去。

奏音慢吞吞地穿上胸罩，我轉身背對她，為了清洗毛巾而趕往盥洗室。

雖然受到發燒的影響，但奏音的思考能力幾乎當機了……

這一連串的經過，她之後不復記憶就好了……

我一面聽著自己節拍加快的心跳聲，一面轉開水龍頭。

陽葵購物回來後，奏音馬上就開始一點一點地吃著冰淇淋。

但她似乎真的沒食慾，還剩下一半左右。

在這之後，我和陽葵兩個人輪流照顧奏音。

但是奏音遲遲沒有退燒的跡象。

「嗚……」

被窩中的奏音發出難受的呻吟。

我將擺在她額頭上的濕毛巾翻面。

這時我才想到，忘記拜託陽葵買貼在額頭上的那種退熱貼。

下次買一些放在家裡備用吧。

我重新體認到若要和別人一起生活，預先為生病的狀況做準備也很重要。

午餐是陽葵從超市買回來的現成料理。

炸雞塊和生菜沙拉，炸雞皮又軟又濕，生菜沙拉則不知為何有股油味。

吃了口味糟糕透頂的現成料理，我和陽葵情緒消沉了好半晌。

「和小奏做的飯完全不能相比呢……」

陽葵惆悵地垂下頭，呢喃說著：「真希望早點吃到小奏做的飯菜。」

對此我只能全面表示同意。

於是，來到準備晚餐的時間——

今天我決定要炸奏音之前買的冷凍炸蝦。

仔細一想，我好像沒在家裡做過油炸類的料理。哎，總會有辦法吧。

我不時看向沾著碎冰與白霜的硬梆梆的炸蝦，同時觀察注入平底鍋的大量的油。

油的溫度應該差不多了吧。

「駒村先生，可以讓我試試看嗎？」

陽葵從我身旁倏地探出頭。

「喔，可以是可以，但是——」

「那我就不客氣了——！」

「喂，妳先等一下！」

我來不及阻止她。

陽葵將還沾著冰霜的冷凍炸蝦整隻扔進油鍋中。

剎那間，熱油往四面八方飛濺。

「哇！哪有人會連冰一起扔進油鍋裡啦！」

「哇～～！對不起～～！」

飛濺的油讓我們慌了手腳。

這個真的超燙的！沒辦法靠近平底鍋！

「……你們在幹嘛？」

聽見奏音冷靜的一句話，我和陽葵同時回頭一看。

「奏音！」

「小奏！妳還不可以起床啦！」

「拜託，你們這樣吵吵鬧鬧，我也睡不著啊……況且睡了那麼久，我感覺好多了。」

奏音這麼說著，若無其事地靠近瓦斯爐關火。

「謝、謝謝妳，小奏……」

「真是的。看來料理還是要交給我才行嘛。」

奏音傻眼地這麼說著，但臉上掛著輕柔的笑容。

「總之我先把炸蝦上的冰弄掉。」

「我先擦掉灑在地上的油……」

陽葵小跑步到客廳拿面紙。

「那個……」

就在這個時候，奏音小聲對我說。

「嗯？」

「呃，那個……早上的事情，拜託你忘掉……」

奏音垂著通紅的臉。

她還記得啊——

換句話說，後頸和胸罩也……啊，就說不可以回想起來啊！

我絞盡全力只擠出一句「知道了」。

「我拿面紙來了——咦？小奏真的沒問題嗎？臉還很紅喔。」

從客廳回到廚房的陽葵一語道破，奏音慌張地擺著手。

「我、我真的沒事了啦！那個，陽葵，今天真的很謝謝妳。」

「不會，我才該道謝。才一天我就明白了，還是小奏的料理最好吃。」

「這點我同意。」

「好了啦……再稱讚也沒有好處啦。總之先把地板上的油擦一擦，會滑倒。」

「是〜〜」

在奏音的號令下，我們接連開始動作。

果然奏音還是要這樣才對啊——我這麼想著。

第15話　襲擊與女高中生

季節錯誤的流行感冒真的讓人頭痛……

前陣子奏音才剛得過感冒就是了。

我拿出比平常更快的速度敲打電腦鍵盤，胸口充滿想吶喊的心情。

沒想到居然有四個人請病假……

也因此，今天的會計部比平常忙碌。

若只是一兩人缺席，要補上工作量也不成問題，但是四人份實在太吃緊了。

「磯部這傢伙，等你好起來，我一定要你請客……」

我不由得對著不在這裡的同事發出怨言。

那傢伙平常明明那樣精神過度充沛。

明明和纖細這種字眼毫無瓜葛，到底是在幹嘛……

我之外的其他同事們也都擺著一副喪屍般的表情，全心投入各自的工作。

「駒村先生，麻煩你分類業務部的收據～～」

我專注在工作時，又有收據堆在我的桌上。剛才的聲音聽起來像是佐千原小姐，但我已經沒空抬頭確認她的背影。

我立刻翻動整疊收據檢查，卻發現了竟然有收據沒寫品項名稱。

喂～～是業務部的哪個傢伙！都已經忙成這樣了，這下又得跑一趟去確認啊。

我依序看過手錶和電腦畫面，並且掃視部門內的狀況。

……看來今天不太可能準時下班啊……

※　※　※

這一天，陽葵打工沒有排班。

午餐吃了自己捏的飯糰。

奏音教過她用保鮮膜和飯碗，不弄髒手就能捏飯糰的方法，在這之後自己做飯糰已經變成一項樂趣。

因為笨拙的陽葵也能捏出工整的形狀，外觀看上去也很完美。

餡料則是奏音早上幫她準備。

今天是明太子和鮪魚美乃滋。

「我吃飽了。」

用餐完畢後，陽葵雙手合十。

這時，她突然注意到有個皮夾擺在玄關的鞋櫃上頭。

「啊……」

黑色的長皮夾肯定是和輝的東西沒錯。

現在正好是午餐時間，他一定很傷腦筋吧——

就在陽葵想到這裡的瞬間——

嘟嚕嚕嚕嚕。電話響了。

一定是和輝打來的。

大概是覺得自己搞丟錢包了，打電話回家確認吧。

陽葵在一瞬間如此判斷，隨即拿起話筒。

「喂——」

但是她沒有報上姓名而應聲的瞬間，電話喀一聲被掛斷了。

陽葵放下話筒之後，終於恢復冷靜——

理解到自己擅自接了電話，讓她剎那間臉色蒼白。

她連忙檢查來電紀錄。

畫面上只顯示了「未顯示號碼」。

到底是誰打來的？

至少一定不是和輝或奏音。

既然立刻就掛斷，也許是對方發現自己打錯電話？

如果是這樣還沒問題，但未顯示號碼這個詞讓陽葵覺得詭異。

下次再打來也絕對不接——陽葵下定決心，但之後再也沒有電話打來。

※　※　※

友梨就像上次一樣，帶著要交給奏音的雜物用品，在和輝的公司樓下等人。

不過今天遲遲等不到和輝走出公司。

「和輝好慢啊……」

下班時間後已經過了滿久，還沒見到和輝自公司的出入口現身。

說不定今天特別忙。

之前沒有與和輝交換聯絡方式，讓友梨不禁扼腕。

半年前重逢後明明有機會，卻一直開不了口。

自從與和輝重逢，友梨一直找不到方法縮短與他之間的距離感。

國小時代兩人住得不遠，彼此的母親關係也不錯，不知不覺間就時常玩在一塊。

國中時代，為了不受旁人捉弄而在學校保持距離，但是放學後會在家裡互相教導擅長的科目，度過一次次的考試。

高中時代，時常一面閒話家常一面上學。

在考上大學後分隔兩地，自從各自有了工作後就完全不再見面了。

友梨的公司突然倒閉，遲遲找不到下一份工作的這段期間，她開始打工。

她會選擇位在和輝的公司附近的打工場所並非偶然。

友梨一直在等候機會再次與和輝拉近距離。

因此當她得知和輝頻繁去那間咖啡廳時，簡直歡天喜地。

能再次與和輝有所聯繫，友梨由衷感到欣喜。

之前在公司，有時會為了湊人數而逼不得已參加聯誼，每次都會有人想和友梨交換聯絡方式，也曾經有數位男同事向她告白。

儘管如此，友梨從來沒有接受過。

因為和輝一直定居在友梨心中。

和輝也許沒什麼特別，外表也許不怎麼起眼。

談吐也不算特別風趣。但是，友梨覺得與他的對話特別舒適。

更重要的是，友梨都知道。

知道他當時朝著夢想努力的身影。

但是，友梨沒有勇氣直接告白。

都認識那麼久了，事到如今太遲了——也抱有這樣的想法。

儘管如此，友梨還是無法放棄。

到了成為大人的現在，依舊不變。

「我這種執著要是讓和輝曉得，他一定會討厭我吧……」

臉上浮現一抹自嘲的笑，抬頭仰望和輝的公司大樓。

幾乎每個樓層的燈都亮著，在傍晚的天空中發光。

也許今天連其他部門都很忙。

「今天就先過去好了……」

因為上次已經去過了，到和輝家要怎麼走大概都記得。

友梨也沒打算待太久，只要能把東西交給奏音就夠了。

雖然見不到和輝有些寂寞，但日後還有機會。

友梨在心中決定後，朝著車站邁開步伐。

※ ※ ※

解、解決了……

我關上電腦的瞬間，上半身趴向桌面。

好不容易撐過了驚滔駭浪的工作量。

不過，加班時間比想像中還要短。

堪稱偉業，我不禁想稱讚自己。

雖然我想就這麼融化在桌上，但突然冒出的飢餓感讓我湧現了想回家的心情。

因為今天忘了帶皮夾來上班，午餐也沒辦法吃得多豐盛……

只和同事借了夠點員工餐廳最便宜的烏龍麵的金額。

我秉持著盡量減少向同事借錢的主義。

總之早點回家吧。

口袋裡只有電車的定期票，只是要回家的話沒帶錢也沒問題。

啊～～可是好像已經沒有發泡酒了。

沒辦法，今天就當成養肝日吧……

我情緒萎靡地離開公司。

※　※　※

奏音從學校回到家，陽葵上前迎接。

「小奏，妳回來啦。」

「我回來了～～」

奏音的雙手提著超市的塑膠袋，大概是順便買東西回家。

「嗯～～今天要做麻婆豆腐喔。陽葵應該不想吃太辣吧？」

「那樣我是比較高興。對了，小奏，今天我可以幫忙嗎？」

「嗯，可以是可以。畫畫沒關係嗎？」

「想說偶爾換個心情。」

「ＯＫ，那我先去洗個手，等一下～～」

奏音走向盥洗室，陽葵從奏音帶回來的超市塑膠袋中取出豆腐與絞肉。

就在這時，門鈴響了。

奏音連忙走出盥洗室，與有些驚慌的陽葵四目相對。

「陽葵，進去和哥的房間。」

「知道了。」

盡可能不發出聲音地加快動作，陽葵躲進公寓最裡側的和輝房間。

隨後奏音才靠向對講機。

「喂？」

『我是宅急便。』

男性的聲音如此告知。

「啊，知道了。」

大概是和輝叫的東西吧。

奏音如此判斷，立刻前往玄關。

打開大門，眼前是位戴著帽子的男性，年齡大概是三十到四十來歲吧。

但是，他沒有拿著貨物。

不只如此，他穿的也不是宅配員的制服，而是普通的藍襯衫加上牛仔褲的打扮。

「………？」

奏音納悶地皺起眉頭，在這一瞬間。

男人硬是闖入玄關大門。

「咦——」

突如其來的事態，奏音來不及反應。

不對，是因為男人的力氣太大，擋在門前的她輕易就被推開。

「你——！」

「不要動。」

男人投出尖銳的斥喝與目光，震懾了奏音。

那份毫不掩飾的怒氣已經足以讓不習慣男性的奏音陷入恐懼。

在奏音無法動彈的瞬間，男人沒有脫鞋子就走進家中。

「翔子！妳在哪裡！」

「——！」

男人說出的名字讓奏音的心臟更是猛然一縮。

（為什麼他知道媽媽的名字——？）

奏音沒見過這男人。

母親與這男人究竟有何關係，奏音也完全搞不懂。

唯一知道的就是男人要找奏音的母親。

「翔子！」

男人吶喊著名字，一一打開盥洗室與廁所等室內的房門。

就在這時，察覺異狀的陽葵已經來到廚房，納悶的她雙眼圓睜。

（陽葵！不可以出來！）

奏音以為自己叫出聲音了。

但念頭並未成為話語。

陽葵目睹男性身影的瞬間，同樣整個人愣住了。

陽葵與男人四目相對。

最糟糕的可能性如洪水般席捲奏音的腦海。

拜託了。

不要傷害陽葵。

拜託——

不知是不是奏音的祈禱成真，男人直接走過陽葵身旁。

緊接著他粗魯地拉開客廳的衣櫃。

「翔子！在這裡的話就出來！」

男人仍舊呼喊著奏音母親的名字，在房內四處徘徊。

他粗暴地檢查了窗簾後方，更進一步走向和輝的寢室。

超乎常識的情景與男人的怒吼聲，讓兩人好一段時間無法動彈——陽葵首先恢復思考能力。

在男人走進寢室的瞬間，陽葵跑到奏音身旁。

見到奏音臉色蒼白且渾身顫抖，陽葵緊緊抱住了她。

「還好嗎？」

陽葵輕聲問道，奏音默默點頭。

也許是因為陽葵的體溫讓她安心，她頓時泫然欲泣。

陽葵放開了奏音的身體，食指在嘴唇前方豎起表示「不要出聲」。

要幹嘛——奏音還來不及問，陽葵已經拿起了擺在廚房的平底鍋。

緊接著她手握著平底鍋，站到桌上。

不久後，男人的腳步聲自和輝的寢室回到此處。

陽葵以顫抖的雙手握住平底鍋，從廚房凝視著客廳。

「喂，妳們兩個。妳們是翔子的女兒？翔子人在哪裡——」

「喝啊啊啊啊啊啊啊啊啊！」

在男人回到客廳的瞬間，陽葵猛蹬桌面，將平底鍋砸向男人的頭部。

「唔啊——！」

陽葵的平底鍋俐落又精準地直擊男人的頭頂。

同時陽葵的膝蓋也猛然撞上男人的胸膛。

陽葵在落地之後，依然用平底鍋不停砸向痛得縮起身子的男人的頭和背。

「你居然敢！讓小奏害怕！絕對！絕對不原諒你！」

陽葵眼眶噙著淚水，不停用平底鍋的底面和側面攻擊男人。

「而且！居然隨便跑進來！太沒常識了！」

「好痛！住、住手——？喂、喂！住手！拜託妳住手！我只是——」

「怎、怎麼了！奏音沒事吧！」

新的人聲自玄關傳來。

所有人同時回頭，發現拿著紙袋的友梨就站在那裡。

她隔著大門聽見房間裡的吵鬧聲，因此走進房裡。

友梨原本是擔心奏音出事才進門，但是擺在眼前的情景遠遠超越了她的理解能力。

奏音臉色蒼白地呆站著。

同時，陌生的少女正用平底鍋不停毆打陌生的男子。

「咦……等等，你們是誰……？呃……咦？怎麼回事？是什麼人……？」

友梨愣住了。

彷彿時間靜止了一般，所有人都無法動彈——

男人趁著這個空檔，連滾帶爬遠離了陽葵。

「妳們兩個是翔子的女兒吧！總、總之先冷靜下來！我不是來——」

喀嚓一聲，玄關大門再度開啟。

所有人的視線又不約而同轉向那裡。

這次是公寓的主人——和輝回到家了。

「…………」

和輝跟友梨一樣短短一瞬間愣住了——

但震驚之後，他迅速行動。

他立刻就跑向不應出現在這個家的異類——也就是那個男人。

緊接著他衝到男人背後，雙臂穿過對方的腋下，雙手交握在對方頸部後方架住男人。

※　※　※

難道誰能想像一回家就會目睹這樣混沌的光景？

友梨站在玄關，陽葵也沒躲起來，現身在房內——

儘管如此，當我目睹這場合最應該優先處理的「陌生男子」時，我冷靜到連自己都驚訝，身體自然而然採取行動。

遠比過去參加柔道比賽時還要冷靜。

要是奏音沒有說「那個人好像在找我媽媽——」，我大概已經把這男人勒昏了吧。

男人從陽葵和我這邊受到的打擊似乎相當沉重，現在他一副有氣無力的表情癱坐在廚房的地上，好像站不起來。

雖然有太多事情必須釐清——

「妳們叫警察了嗎？」

我這麼一問，奏音和陽葵同時搖搖頭。

「喂………」

我原本想嘮叨兩句，但打消了念頭。

哎，她們心裡想必非常驚慌，這也許是強人所難吧……

但我還是希望她們二話不說直接叫警察——一想到這邊，我才察覺萬一警察來了，我也不妙啊。

大概是我已經太習慣和陽葵一起生活了，完全忘記這回事……

「和哥，這個人好像跟我媽媽認識……」

奏音畏畏縮縮地如此說道。

對奏音而言，這件事想必最讓她好奇吧……

既然這樣，首先應該搞懂這男人的身分。

「這個嘛……我就單刀直入問了，你到底是誰？」

「……我叫村雲，和翔子正在交往。」

我原本就這麼猜想，還真的被我料中了……

我用眼角餘光觀察奏音的反應，她似乎也如此猜想，沒有太過震驚。

「然後呢？為什麼擅自闖進來？」

自稱村雲的男人低聲說「對不起」。

「不是啦。要道歉之後再說，告訴我理由。」

「我來找翔子。」

哎，這部分也符合奏音她們的證詞。

我真正想知道的是接下來的部分。

我只用視線催促他繼續往下說，村雲便斷斷續續地開始解釋——

總結如下。

奏音的母親——翔子離家出走之後，有段時間似乎住在村雲那邊。

但在數星期前突然不知去向。

村雲說他也完全不知道翔子為何離去。

為了尋找翔子，村雲用了她給的鑰匙進入她家。

村雲並未找到線索。

不過他找到了一張便條紙，上頭寫著親戚家的電話號碼。

分別是我老家，以及我這間公寓的電話。

村雲首先打電話到我的老家想打聽消息，但是沒有人接電話。

哎，這也是當然的吧。

因為我媽正在住院，而老爸常常待在醫院陪伴。

於是他試著撥打另一個號碼——打到我的公寓來，電話另一頭冒出女人的聲音。

因為陽葵這時低聲驚呼：「啊……」我大概明白原因了。

村雲似乎以為那是奏音的聲音。

順帶一提，他只從翔子口中得知奏音的存在。

村雲判斷既然奏音在這裡，翔子很可能也在，於是就來到這個家——

這就是他來到我家的經過。

在得知場所之後，怒氣頓時充斥腦海，做出了超乎常識的舉動。

對旁人造成太多麻煩了吧。

我回憶起當初和奏音到她家，奏音說她感覺到某些異狀。

她當時察覺到的就是村雲擅自闖進家中的痕跡吧……

我真正體認到女性的直覺還真厲害……

「我自己也很明白，是我太執著了……但是，那傢伙比我過去遇見的任何人都——」

村雲說道，露出遙望遠方般的眼神。

翔子阿姨也許是個能把人迷得神魂顛倒的女性——見到村雲的反應，我不禁這麼想。

我對別人不曾抱持過這種程度的執著，完全無法理解他的心情。

「總之，一時衝動失去冷靜而做出強盜般的行為，我真的非常抱歉。對不起……」

村雲對我們下跪道歉，我們不禁面面相覷。

這種時候該做何反應才對？

「那個……我剛才也很用力敲你，對不起……」

在我背後，陽葵縮起肩膀如此說道。

「不會，那是正當防衛。小妹妹用不著在意。」

「啊，嗯……」

嗯～～村雲這時的冷靜與強行闖進別人家的粗暴，兩者之間的反差……

有人說戀愛會改變一個人，這也許是相當極端的例子吧。

「總之，我媽媽不在這裡。」

「我們同樣也想知道翔子阿姨的行蹤。」

「這樣啊……」

「接下來的問題就是該怎麼處置你了——」

照理來說，非法入侵的現行犯應該要交給警察，但是這麼一來，讓陽葵住在家裡的我也會有危險。

現在這兩人的生活，或是報警處理這個行為逾矩的男人。我將兩者放在天秤上衡量——

兩人也用眼神傾訴：「不要報警。」

最終還是選了當下的生活。

我真是個軟弱的成年人啊……

「要是找到了翔子阿姨，我會聯絡你一聲，所以希望你不要再來我家。」

「……我知道了。」

於是我向村雲詢問了他的聯絡方式，把他趕出我家大門。

村雲離開我家後，凝重的沉默頓時充斥於室內。

雖然這次意外事件算是落幕了……

不過對我們來說，接下來才是重頭戲。

我戰戰兢兢地轉頭看向友梨。

友梨無從參與我們的對話，一直保持沉默。

友梨與我四目相對後，放棄了什麼似的吐出一口氣——

「可以為我介紹這位女生嗎？」

她看著陽葵，面無表情地說道。

聽完一切的來龍去脈後，友梨直盯著我說：「原來如此……」

她的眼神看起來比平常冰冷，這恐怕不是錯覺。

哎，儘管友梨心胸開闊，也會有這種反應吧……

因為我們過的就是那樣超脫常識的生活。

「那個，不是駒村先生不好！都是我硬是拜託他——」

「嗯，和哥沒有錯。起初是我拜託他讓陽葵住下來……！」

大概是察覺到我們之間氣氛緊張，兩人連忙幫我對友梨求情。

「啊……嗯……」

因為兩人激動地衝上前去，友梨大概被嚇到了，身子微微後仰。

「所以請不要責怪駒村先生！」

「其實是我的錯……！」

「那個，事情我都知道了，妳們兩個冷靜點。」

友梨安撫兩人之後，正眼看向我。

不過，我實在無法與她正眼對看。

「和輝……萬一被其他人知道，事情會很嚴重喔……」

「我知道。可是我——」

儘管如此，我還是想要守護當下的生活嗎——？

我們心自問，得到的答案是「ＹＥＳ」。

我也覺得自己是個無可救藥的笨蛋。

「她們兩個都還未成年，需要有大人保護她們才行。」

雖然友梨的口吻並非責難，但是非常刺耳。

同時也讓良心隱隱作痛。

這種事我當然知道。雖然知道——

「…………嗯。」

「所以說，我也來幫忙吧。」

「…………咦？」

我不由得抬起臉。

因為友梨這句話完全超乎我的想像。

「咦……妳說什麼？」

「真是的，專心聽我說嘛！我剛才說，我也要幫你！你一個人要當這兩個可愛女生的『監護人』，負擔太沉重了吧？」

友梨的笑容透出「真拿你沒辦法」的心境，和我小時候看過很多次的笑容一模一樣。

「友梨…………」

「就這樣啦，奏音和……陽葵對吧？我接下來會成為『共犯』——可以嗎？」

友梨歪過頭如此詢問兩人。

兩人先是愣了好半晌，之後互看了一眼——

最後面露笑容，使勁點了頭。

留下一句「總之我之後還會再來」，友梨便回家了。

友梨離開之後，我正色面對奏音與陽葵。

「好了……接下來要對妳們說教了。」

「咦～～？為什麼？我們聯絡警察，而且一切都平安過去了，這樣不就好了……」

「事情不能只看結果。」

大概是被我嚴肅的表情所震懾，奏音說得支支吾吾。

「這次真的只是運氣好。如果那男的手上拿著刀，真不曉得現在妳們變成什麼樣了。」

「這……」

陽葵也沮喪地低下頭。

「聽好了。以後要是遇到可能有生命危險的事，絕對不要正面衝突，快點逃走。不要管我，馬上叫警察。陽葵也一樣，不要去想可能會被爸媽發現。沒有東西比性命更寶貴。」

「嗯……」

「我知道了……」

奏音和陽葵看起來都有在反省。

太好了，看來她們應該都明白我的意思了。

「很好，聽懂的話，這件事就到此為止。接下來……一堆事情搞到時間都這麼晚了，肚子都餓了。」

「唔～～……我還沒做晚餐。原本想做麻婆豆腐的。」

「話說，那個，小奏，對不起……平底鍋有點凹掉了……」

我說啊，那應該是我的平底鍋吧。

「哎，只能之後再去買。今天就吃泡麵吧。」

「這樣也好……因為沒有敲破，要用這個做也不是辦不到，但是平底鍋好像沾到了中年大叔的細胞，感覺就很噁。我再也不想用那個平底鍋做菜了。」

「嗚嗚，對不起……」

講得真難聽。女高中生的嘴巴還真毒……

「話說陽葵，妳練過什麼格鬥技嗎？老實說剛才妳對抗那個中年大叔的時候，架式看起來還滿有模有樣的。」

「呃～～……練過一點劍道，雖然只有國小的時候……」

「啊啊～～所以妳剛才拿著平底鍋的動作像拿劍一樣。和哥則是表現出以前練柔道的經驗呢。」

「算是吧……」

幸好對方手上沒有刀。

大概是因為久違地鞭策身體動作，隱約有種肌肉痠痛即將到來的預感。也許明天就會覺得很難受了。

「既然這樣，今天的晚餐就煮泡麵吧。現在家裡的泡麵，口味全部都不一樣～～……所以就是先搶先贏！」

「啊！小奏好奸詐喔！」

「喂，泡麵可是用我的錢買的。讓我先選！」

我們奔向擺著泡麵的櫥櫃。

我深刻體會到發生這種低等級的吵架，這件事就是一種幸福。

這一天，難得地作了夢。

回到我還在練柔道的時候。

我在某間體育館參加比賽。

體育館內擠滿了人，人人舉著旗幟或毛巾，都在為各自的隊伍加油。

接下來團體戰似乎即將開始，我坐在次鋒的位置。

剛才先鋒的比賽，我的隊友以俐落的一招奪得勝利。

接下來輪到我了。

我振奮精神，站起身——

比賽三兩下就結束了。

開始後十幾秒，對手的大外割漂亮地擊中我，我仰倒在地上。

我在失意之中行禮退場，隊友們紛紛鼓勵我，要我別在意。

大家說：才一勝一敗，不要在意。

但是我對自己造成的「一敗」滿心懊悔。

時間拋下我的心情逕自前進，下一場比賽很快就開始——

那雖然是夢境，但是非常吻合現實。

是啊，就是這樣。

過去我屢次品嘗到同樣的滋味。

從國小就一直練柔道，當時我深信長大之後還是會不斷練柔道，然而那份心情隨著年級提升而逐漸淡薄。

我的體格並非特別壯碩，技巧也不算特別厲害。

不知從何時開始，我發現我無法成為「特別」的人——

第16話　荷包蛋與女高中生

友梨不時會來看看狀況，除此之外我們過著一如往常的生活。

沒有什麼太大的問題，過了好幾天——

漸漸覺得白晝陽光有點刺人的某個假日早晨。

餐廳的桌上擺放著吐司、荷包蛋、洋蔥濃湯以及優格。

雖然就營養層面來說想加些蔬菜，但奏音說：「蔬菜還滿貴的，晚餐才吃。」

我個人覺得早上沒吃蔬菜也無所謂，不成問題。

因為比我們的第一頓早餐還多出兩道菜，反倒覺得相當滿足。

獨自一人生活時，要多加一道菜都嫌麻煩啊……

我一如往常將醬油淋到荷包蛋上——

「和哥，我也要一點醬油。」

「咦——？」

奏音對我拿的小醬油瓶伸出手。

我記得奏音對荷包蛋的主張是番茄醬。

而且萬分堅持。

「妳是怎麼了啊？突然……」

「沒有啦……只是想說偶爾淋一點醬油試試看也不錯嘛。而且我也想先搞清楚，和哥喜歡什麼口味……」

話說到最後模糊不清，我聽不清楚。

緊接著，這次是陽葵迅速舉起手。

「我、我也想加醬油……！」

「陽葵也要？」

我充滿了無法置信的心情。

她們之前明明還堅持要用番茄醬或鹽而展開醜陋的口角爭執啊……

「這樣啊，妳們終於也明白荷包蛋加醬油的美妙之處了啊。我好欣慰。」

「沒有。第一名還是番茄醬。」

「是鹽。」

「…………」

妳們兩個，言行互相矛盾喔……

不過算了，懶得追究了……

於是今天我們的荷包蛋都加了醬油。

這天中午。

我和奏音坐在客廳的沙發上看電視。

不過奏音一直在玩手機，大概幾乎沒注意電視吧。

奏音則是一如往常，在我房間裡面對著電腦。

「和哥，那個……」

奏音眼睛依舊盯著智慧型手機，對我說道。

「怎麼了？」

「你覺得，我可愛嗎？」

「————咦？」

過於突兀的問題，讓我的思緒與身體一同僵住。

呃，就我個人的觀點是滿可愛的……不過奏音為什麼突然這樣問？

這個問題占用了我的思考能力，讓我無法立刻回答。

「真是的。你幹嘛整個人愣住啦？」

「妳是要我怎麼回答……」

「抱歉，我不是那種意思。只是在想，在媽媽心目中，我可不可愛。」

「…………」

因為她的語氣好像不當一回事，結果變成我反應過於激烈。

至於她的問題——我也不曉得。

我沒有為人父的經驗，假設我真的成為父親了，我會覺得自己的孩子可愛嗎——當下我還無法斷定。

「比起我，媽媽更重視那個大叔吧？一想到我的重要性輸給那個大叔，就覺得很受打擊耶。」

「奏音……」

坦白說在我看來，村雲要不是被阿姨玩弄，不然就只是因為「某些目的」而遭到利用。

當然，我也不知道真相。

這只是我的直覺猜測，有可能完全不符事實。

沉默充斥客廳。

綜藝節目主持人的話語聲化作沒有意義的聲響，徒然穿過我的耳朵──

「駒村先生……小奏……」

就在這時，陽葵有如幽靈般從我和奏音背後倏地現身。

……害我有點嚇到，不對，其實我被嚇了一大跳。

「哇！我被嚇到了啦！陽葵怎麼了嗎？」

「完──」

「完？」

「完成了……！我的畫終於完成了！剛才已經送出去參賽了！」

陽葵臉頰泛紅，情緒興奮地高高舉起雙手。

眼睛下方冒出黑眼圈，但是她燦爛的笑容感覺不到絲毫疲憊。

那的確是充滿成就感的表情。

「喔喔！」

「真的？好厲害！成功了啊！」

奏音抱住陽葵。

像這樣輕易地肢體接觸就是女高中生的特權啊……

「呵呵。謝謝妳，小奏。一切都是多虧小奏每天做好吃的飯給我吃喔。」

「哪有，是陽葵好好努力的關係啊！」

奏音伸手胡亂撫著陽葵的頭髮。陽葵害羞地笑了笑之後，轉頭看向我。

「駒村先生，真的非常謝謝你！我終於朝夢想跨出一步了！」

「嗯……」

我不曉得自己該怎麼說才好。

「做得很好」感覺好像高高在上，但是要說「恭喜」好像還太早了。

但是，我的心情同樣雀躍，這也是千真萬確的事實。

直到這時，我終於注意到某件事。

為何我想要為陽葵聲援。

為什麼我寧願承受這種風險，也要幫忙陽葵實現夢想。

那是因為我期待陽葵也許能成為我當初無法成為的「特別的人」。

因為我把自己無法實現的夢想，寄託在陽葵身上——

我不由得差點笑出聲音。

擅自強加的自私心願啊。

啊啊，還真是自私。

不過這樣也無妨——我現在這麼認為。

大人心裡只有自己，精神和高中生相比沒什麼改變，差別在於生活處處都是拘束。

我沒有說出這句話，只是靜靜地微笑。

「欸，和哥，今天晚餐要不要去外面吃？」

「也好。難得有這機會，今天就到外頭吃吧，為陽葵慶祝。」

我採納了奏音的提議。

哎，畢竟是特別的日子，無所謂吧。

「好耶！」

「等等，不是為了妳，是為了陽葵喔。」

「我知道啦！陽葵怎麼樣？想吃什麼？」

「呃……這個嘛……」

陽葵仰望天花板，陷入沉思。

奏音雙眼閃亮發光，等著陽葵的決定。

啊～～這種感覺，就好像一家人——

看著這兩人，我突然湧現這種想法。

雖然是個隨時都有可能分崩離析，如履薄冰的扭曲家庭。

……我就老實說吧。

我隱隱約約已經察覺，兩人對這樣的我開始抱持著超過信賴的感情。

但我會裝作沒發現，而且未來也會持續下去。

因為她們是高中生，而我是成年人。

後記

來自前作的各位讀者，好久不見了。

在本作第一次見面的各位讀者，幸會。

我叫福山陽士。

在此先對初次見面的讀者說明，我總是習慣從後記開始讀起，因此在後記不會暴露書中劇情。

所以和我同樣習慣從後記開始讀起的讀者，請安心看下去。

習慣從頭看的讀者，以及電子書派的讀者請忽略這段文字……

言歸正傳，雖然我在一部分的場合公開表示我喜歡非人角色，但這次不管從哪個角度看都是現代故事，沒有絲毫非人角色得以介入的餘地。一旦現身，世界觀就全毀了。

另一方面，我將主角設定為「二十五歲左右的戴眼鏡西裝男子」，就近年Fantasia文庫的輕小說而言，可說是一記變化球。

「沒問題嗎？這可是Fantasia文庫的輕小說喔。」這學某攻略本的擔憂之聲彷彿飄到耳畔，但真的沒問題。我猜啦。

最近這年頭的社會人士都在異世界闖蕩，在現代有更多社會人士當主角也沒關係吧。沒什麼不好吧？

我由衷認為如果日後Fantasia文庫能有更多社會人士主角就好了。

順帶一提，失敗只會被當成黑歷史而抹消而已（這句話純屬虛構）。

真可怕。好想活下去。

寫奇幻故事時，我不會在角色資料寫上生日，但這次是現代故事，我明確設定了生日。因此我想在此記載該生日所擁有的特質。

和作品中角色的行動相比也許別有一番趣味。

雖然因為頁數限制，只能簡略表示如下：

・駒村和輝　6月7日生　雙子座

思路敏銳

很有上進心，對奢華的生活懷抱憧憬

話不多，在團體中並不醒目
個性冷淡，但也擁有對遇到麻煩的人無法視而不見的溫柔

・倉知奏音　9月27日生　天秤座
喜歡待在別人身旁
單調的工作也能默默做好
個性樂觀，但也有頑固之處
根據時機與狀況不同，也有可能因此與重要的人疏遠

・陽葵　3月12日　雙魚座
不會說謊的老實人，感情容易顯露在表情或態度上
沒有計畫性
懷有頑童般的惡作劇之心
個性極端，有時語出驚人，但也會在意小事而情緒消沉

參考文獻：生日大全（主婦之友社）

接下來要作結了，請各位在腦海中播放適合的片尾曲。

如果一時想不到，就用勇氣的鈴鐺鈴鈴響的那首歌吧……

責任編輯，有朝一日會請您吃肉。

為本書繪製插畫的シソ老師。

將這些光看文字描述感覺很樸素的角色們畫得這麼可愛生動，真的非常感謝老師。快走光卻又看不見的封面也好棒……

讀過網路版後又購買本書的讀者大人，您是神明下凡吧？真的非常感謝您。

不知道內容就購買本書的讀者大人，您同樣是神明下凡吧？真的非常感謝您。

如果不嫌棄，希望日後還能陪著本作。

從後記開始看的讀者們，到這裡可以關掉腦中的片尾曲了（播放時間真短……）。

那麼，後會有期——

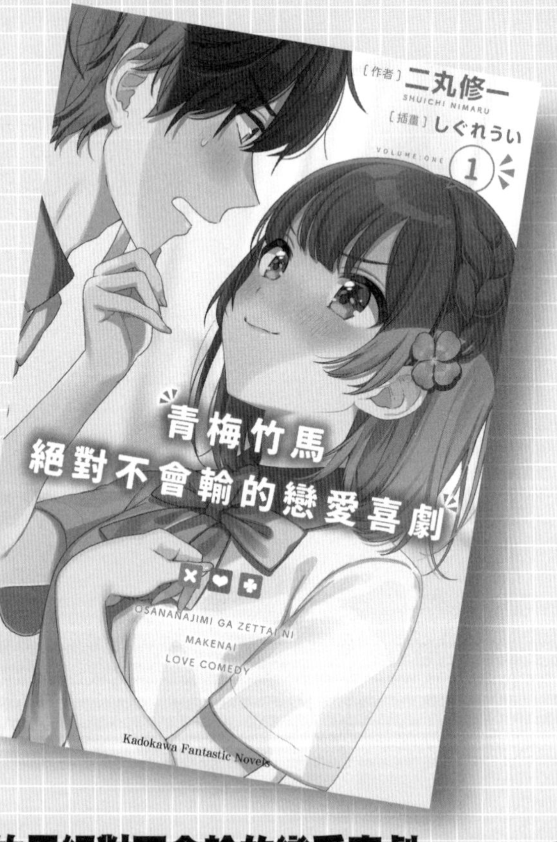

青梅竹馬絕對不會輸的戀愛喜劇 1 待續

作者：二丸修一　插畫：しぐれうい

我的青梅竹馬要用最棒的方式
幫我向初戀對象報仇？

我的青梅竹馬志田黑羽似乎喜歡我，不過，我第一個喜歡上的對象是美少女兼校園偶像，拿過芥見獎的高中在學女作家——可知白草！然而，聽說白草交到了男友，我的人生便急轉直下。黑羽對陷入失意的我耳語——既然這麼難過，要不要報仇？

NT$200/HK$67

三角的距離無限趨近零 1~4 待續

作者：岬鷺宮　插畫：Hiten

我愛上的那個女孩體內住著兩個靈魂——
與雙重人格少女譜出的三角戀愛故事。

矢野在跟春珂與秋玻接觸的過程中，戀情也在心中萌芽——又在某一天突然宣告結束。然後他變了。所以，為了找回剛認識時的「他」，我——我們展開了行動。在沒有交集的教育旅行途中，我們努力追逐矢野同學，就算我們已經不是情侶——

各 **NT$200~220/HK$67~73**

國家圖書館出版品預行編目資料

一房兩廳三人行. 1：26歲上班族與兩名女高中生開始同居生活/福山陽士作；陳士晉譯. -- 初版. -- 臺北市：臺灣角川股份有限公司, 2021.04
面；　公分. -- (Kadokawa fantastic novels)
譯自：1LDK、そして2JK。：26歳サラリーマン、女子高生二人と同居始めました
ISBN 978-986-524-362-3(平裝)

861.57　　110002185

Kadokawa
Fantastic
Novels

一房兩廳三人行 1

～26歲上班族與兩名女高中生開始同居生活～

（原著名：1LDK、そして2JK。～26歳サラリーマン、女子高生二人と同居始めました～）

2021年4月26日 初版第1刷發行
2022年4月18日 初版第2刷發行

作者：福山陽士
插畫：シソ
譯者：陳士晉

發行人：岩崎剛人
總編輯：蔡佩芬
編輯：孫千棻
美術設計：宋芳茹
印務：李明修（主任）、張加恩（主任）、張凱棋

發行所：台灣角川股份有限公司
地址：104台北市中山區松江路223號3樓
電話：（02）2515-3000
傳真：（02）2515-0033
網址：www.kadokawa.com.tw
劃撥帳戶：台灣角川股份有限公司
劃撥帳號：19487412
法律顧問：有澤法律事務所
製版：尚騰印刷事業有限公司
ISBN：978-986-524-362-3